# 或るろくでなしの死

平山夢明

角川ホラー文庫
18830

# 目次

# 或るはぐれ者の死

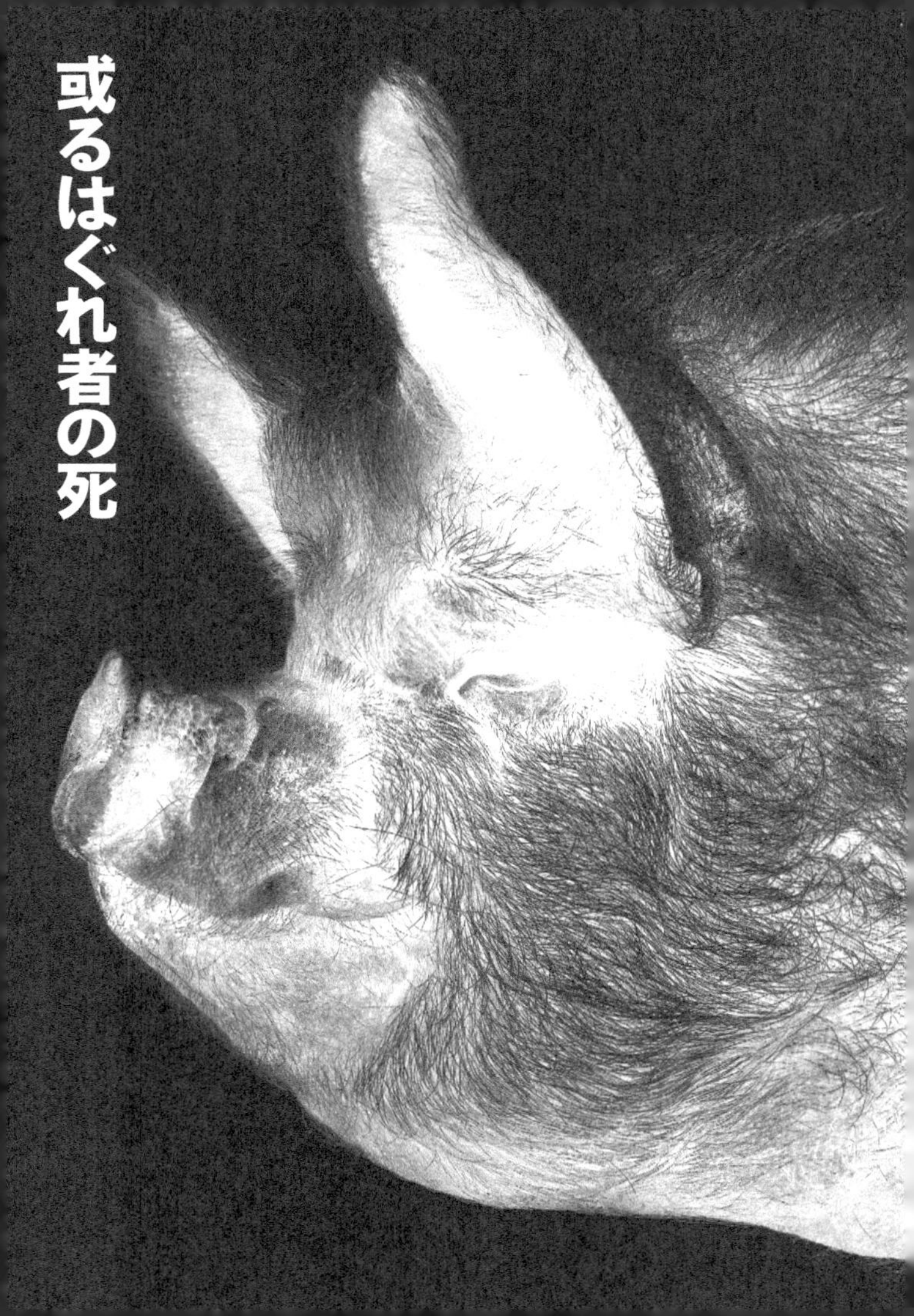

　ＪＪはまるっきり人畜無害だった。人に優しく、ことのほか自分に優しく生きてきたＪＪは、苦しいけれど為《な》すべきことより何の役にも立たない楽しいことを優先させる男だったので御歳六十七歳になるいま、路上で暮らしていた。夏《ナツ》というよりは熱《ネツ》と呼んだ方がぴったりの炎天下。窓辺に近づけすぎたベビーベッドのなかで赤ん坊が火膨れて死んでいたとのニュースが流れる季節。昼間は冷房の利いた図書館、夜は頭のおかしな餓鬼が近寄らないような公園の片隅でＪＪは寝起きしていた。

　その日は六年ぶりに万札の入った財布を拾ったので、その中身を使い宵から朝まで表通りのパブでビールやスコッチウィスキーを腹に詰め込み、スツールからずり落ちた。と、同時に胃の中身も床にぶち撒《ま》いたので店主に蹴《け》られ、殴られ、引きずられて、外に叩《たた》き出された。それでもＪＪはご満悦だった。何しろ酒屋の空き瓶から集めて回ったブレンド酒じゃなく、本物の洋酒をたらふく飲んだのは久しぶりだったし、客として扱われたのも久しぶりだったからだ。途中までＪＪの臭いに辟易《へきえき》しても金は歓迎という店主の姿には清々《すがすが》しささえ感じられた。

それにあそこはしょぼい店のわりには冷えてたし、とＪＪは思った。ほどよく冷えた店というのは真夜中でも滅多に三十度を下がらない青邯《あおかん》暮らしでは貴重なオアシスだ。ＪＪはビールとウィスキーを一杯ずつ頼むと実にゆっくりと飲んだ。あまりに見事な低スピードに業を煮やした店主から『あんたここは病院じゃないんだ。唇を消毒するんじゃなくアルコールは飲んで貰《もら》わなくちゃな』と皮肉を食らったりもしたのだが、ＪＪは笑ってそれをやり過ごした。他にも客が大勢いたのでその夜ばかりはＪＪの売上に店が目くじら立てる気配はなかったし、店主は常連があれやこれやと話しかけてくるのをさばくのに忙しく、ＪＪだけに構ってはいられなかったのだ。

とにかくＪＪにとってその夜は最高の夜だった。唯一気掛かりなのは、酔いがいつまで続くかということだった。人は誰でもそういうもんだとＪＪは思っているのだが、酔っている間は大抵のことは許せるものだ。悪口でも、いじわるでも、ツキのなさでも、ズボンの真ん中についた染みのことでも、大抵、気持ちよく酔ってさえいれば

『別にダイジョウブ』と笑っていられる。しかし、一旦《いったん》、酔いが覚め始めるとそうしたツキのなさが、耳の詰まり水が抜けたみたいに一斉にガヤガヤしく迫ってくる。そうすると長年の悪友でもある【ウンザリ】が、やに下がった顔をしてぽんぽんと肩を叩いてくるっていう寸法だ。考えただけでウンザリだった。

店主に蹴られた腰が痛んで、うまく立てないＪＪは這《は》って移動することにし、店の入口から離れると、柱の陰に凭《もた》れ掛かった。目の前には片側二車線の目抜き通りがあり、景気よく車が流れていた。背広や背広じゃない奴ら、若者や若者じゃない奴ら、女や女じゃない奴らや中途半端に女な奴らが生真面目な顔で、あっちの通りでも、こっちの通りでも右へ左へと行き来していた。ＪＪは彼らを眺めながら男なら友だちになれそうな奴、女ならカミさんにできそうな奴を探してみたが誰も相手になりそうになかった。みんな次から次へと忙しそうに弾《はじ》かれていくパチンコ玉野郎ばっかりだ、そうＪＪは苦笑した。莫迦《ばか》にしているわけではなかった。世の中にとって必要なのは自分なんかより、彼らの方だということは承知していた。ただ友だちやカミさんにするとなると話は別だ。

ＪＪは膝《ひざ》を抱え、うつらうつらぼんやりぼんやりすることにした。狂った日差しが多少でも緩むまで、こんな感じで今日は過ごしてみたかった。膝の間に顎《あご》を載せ、埃《ほこり》っぽいズボンの臭いを嗅《か》ぎながら、腹が減ったり喉《のど》が渇いたりしても、そのまま動かず、日がな一日、ぼーっとしていたかった。暑さも日陰なら我慢できる。ありがたいことに風が通りを抜けていた。JJは膝の高さと平行に視線を固定し、それ以上は見上げたりしないようにした。見上げれば自分を見下ろす視線に出会うに決まっているし、大方の淑女の皆様は見上げられるのを嫌う。スカートの中身に探りを入れていると勘違いするらしい。

視線の先には砂で汚れた黄色っぽい店が並び、食器や鍋《なべ》を並べた雑貨屋、郵便局、本屋、定食屋、蕎麦屋《そばや》、金物屋、和菓子屋、八百屋と続いていた。郵便局は角にあり、目抜き通りと交差するように細い路地があり、それが町の向こう側へ延びていた。街路樹が歯抜けの櫛《くし》のように植わり、その前には車がぽつりぽつりと停めてある。JJはそれらをぼんやり眺めながら耳のなかでどくどくと脈打つ、己《おの》が鼓動を聴いて楽しんでいた。

ふと、JJの気を惹《ひ》いた物があった。道路のほぼ中央。真正面。汚らしい服の塊。泥や町の塵芥《じんかい》の堆積《たいせき》にしか見えない潰《つぶ》れたそれはずっと前からそこにあり、JJも目にしていたかもしれない。トラックの積み荷、それとも風に飛ばされてきた洗濯物、廃品回収車からのおこぼれ、それとも単に酔っぱらいが夜中に脱ぎ捨てたシャツ……

などの残骸《ざんがい》。いずれにせよ、いまとなっては僅《わず》かな厚さを残すばかりの乾涸《ひか》らびたアスファルトの瘡蓋《かさぶた》であった。幾たびも雨に濡れ太陽で乾くを、くり返したのだろう。既に道路の一部のように固く路面に縫い付けられていた。ＪＪがそれに目を留めたのも、その柱に凭れたからだった。いつものように小銭や食べ物を探して町をほっつき歩いていれば、決して目に留まるようなことはなかった。

不思議なことに、ＪＪは目が離せなくなっていた。きっとあの薄汚れた、いまとなっては元の姿を想像することも難しい塊に自分の有り様が重なっているのだとＪＪは思った。何百、何千という車輪に完膚無きまでに轢《ひ》かれ、圧縮されたそれは自分そのものだと。その姿が甘美な恐怖となって迫ってくる。俺もああなるのだと覚悟すると、何か腑《ふ》に落ちるものもあり、興味深かった。……だから気になるのだ、ＪＪはそう理解した。

そしてそのまま一時間が経ち、二時間になろうとした。

かつて〈と言ってもつい半年ほど前のことだが〉、十キロほど離れた場所にショッピングモールが完成した。建設期間中は大型トラックがひっきりなしに、この目抜き通りを走っていた。特に完成も大詰めになると台数も増え、昼夜を分かたず走り抜けた。それを見るにつけ多くの飲食店主が運転手の立ち寄るのを期待したが、結果は散々だった。運転手は物資を運ぶのに忙しく、とてもじゃないが店で休憩したり、一杯やったりする暇はないのだった。路上で寝ているＪＪはそれらが走り抜ける度、地面ごと揺さぶられていた。この塊ができたのも、そんな頃ではなかったか。ＪＪは確信が持てないまま、たぶんそうに違いないと納得した。

ふと尿意を覚えＪＪは立ち上がり、店の裏手ではなく道路を横断し始めた。頭で考えたことではなかった。ただ軀《からだ》がそう反応しただけのことであった。日陰から出た途端、レンズで掻《か》き集めたような陽がじりじりと首の後ろを灼き、カッと背中が熱くなった。汗が毛穴から噴き出し、脇や頬を滑っていくのがむず痒《がゆ》い。目の前を一台、乗用車が横切っていった。朝のラッシュが一段落するこの時間は、車の流れがひと息つく。通り全体にも、のんびりした雰囲気が漂っていた。ふらりふらりと反対側へ向かいながらＪＪはそれに近づき、やがて目をやった。その間、ＪＪ側を二台、反対車線を三台の車が行き過ぎた。

見たとおり泥まみれの服だった。長さは五十センチ弱、端は道路と一体化してぺしゃんこだったが中央の部分だけが僅かに厚みをもっている。黄粉《きなこ》餅《もち》を適当に塗り付け、固まらせるとこんな感じになるかもしれない。ＪＪは興味なさそうに爪先でそれを突《つつ》き、再び、道路を渡り終えてしまおうとした。と、その瞬間、ＪＪが震えた。道行く浮浪者になど誰も注意を払うはずもないのだが、もし誰かがその時のＪＪを見たら〈あ、小便を漏らしたな〉と思うほどにぶるりと震えた。

　ＪＪは振り返った。そしてそれの表面。単なる皺《しわ》と圧縮された生地の重なりにしか見えない部分を凝視し、一度、惚《ほう》けたように通りの店に目を向けた後、再び目を落とし、今度は確実に助けを求めるような視線で両側の店を見つめた。けたたましくクラクションが鳴らされ、ＪＪの脇を一台のトラックが掠《かす》めていった。ＪＪはそれに驚くでもなく、最前と同じ表情のまま店の前を行く人々と足下を交互に眺め直した。ＪＪは何事かを呟《つぶや》きながら反対側には渡らず、凭れていた柱に戻ってくると、立ち尽くした。

「……ありえねえ」視線を道路の真ん中へと向けたままＪＪは呟いた。そしてたっぷり十分ほどはその場でぶつぶつ言い、再び、道路を横断し始めた。その足取りはもう先程のように頼りないものではなかった。はっきりとした意志を持ってＪＪは道路の中央へ歩いていき、もう一度、それを見つめた。茶色の泥の塊。固着しながらも線が走っている。皺も寄っている。その線と皺の個々を見るのではなく全体として見た時、まるで森の木々を描いた絵のなかに浮かび上がる騙《だま》し絵のように腕を軀に押しつけた小さな胴体が現れた。左側をやや下へ捻《ひね》るようにしたまま潰れた軀。頭も足もなく、ただ衣服に包まれた部分だけが残された歪《ゆが》んだ胴体。JJは屈《かが》んで触れてみた。表面は泥や埃でがさがさし、柔らかさは微塵《みじん》も感じられなかった。しかし、指で触れたことでJJにはそれが紛れもない子供の体の一部であると確信できた。JJは軀であることを示す皺と生地と生地の重なりにも指を這わせ、それが丁度、ベッドで寝ている子供のように背を軽く丸め、足を引きつけた状態で潰されているのだと理解した。

「た……たいへんだ……」JJは慌てた足取りで戻った。そしてそのままパブの入口に駆け寄ると樫《かし》でできた重いドアの握りを引き、鍵《かぎ》が掛かっているとわかると手の平でドアを殴りつけ、何の反応もないと知ると裏手に回った。裏手にはまだ箒《ほうき》とモップが片付けられないままになっていた。裏手のドアも開かなかったが、JJは勢いよく鉄の扉を叩《たた》き続けた。大抵、こういう場合、店主が店仕舞い後の一杯を引っ掛けているのをJJは知っていた。

「よう、だんな！　よう、おいよう！」JJは叩きながら酒焼けした喉でがなった。反応はなかった。仕方なくJJは正面に戻ると樫のドアや硝子《ガラス》を叩き始めた。なかにいれば必ずわかるはずだった。

男女、若者、老人……辺りを行く人々が眉《まゆ》をひそめてJJを遠巻きに通り過ぎていく。薄汚い酔っぱらいが店に喧嘩《けんか》を売っているのだ、煩《わずら》わしいなとそれらの瞳《ひとみ》が告げていた。

しかし、ＪＪはそんなことは気にならなかった。

「おい！　よう！」

不意に錠の外される音がし、ドアが細目に開いた。店主が顔を覗かせていた。シャワーでも浴びたのか毛先から水が滴っていた。

「だ、だんな」

店主はＪＪを睨《にら》みつけたまま無言であった。

「だ、だんな。すみません。ちょっとお話ししたいことがあるんですよ。実は……」

「誰だ。おまえ」店主の目はＪＪの軀や様子を窺《うかが》おうとする気配すらなく、ただひたすら顔だけを睨みつけていた。

「いや……あの、あっしは昨夜、ここにお邪魔させて貰《もら》った者ですけど。あのちょっとだけ……相談したいことが」

「おまえはビールをゆっくり飲んでいた。それも信じられないほど、ゆっくりとな」

「だんな、どうも大変なことが起こっているようなんですけれど」

「あんなにゆっくり飲む奴を俺は見たことがないな。三十年以上、俺は店をやっているが、あんなにゆっくりビールを飲む奴を俺は見たことがない」

「自分の見間違いかもしれないんですが、とんでもなく怖ろしいものを見つけちまったんですよ。それをお知らせしたくって……どうしたらいいのか」

「あんなにゆっくりビールを飲む奴を俺は見たことがないな」

JJの前でドアが閉まった。

ドアの向うから『あれじゃビールが可哀想だ』と呟くのが聞こえた。

「だんな！　ビールの、酒の話じゃないんですよ！」

JJはドアを叩いた。

しかし、もうドアは開かなかった。

JJは拳《こぶし》がすっかり痺《しび》れてしまった。ふと我に返ると、自分を避けるように歩く品の良さそうな老婆に近づいた。

「おじょうさん！　あのちょっと良いですか……」

老婆は一瞬、ハッと警戒してみせたが、すぐ笑顔で頷《うなず》いた。

「ええ、ええ。わかりますよ。あなたが大変だってことは」

「いや、あのね。あそこの……あれ、見えますか？　真ん中ら辺で、こんもりしてるじゃないですか。あれがですね」

「ほんとうに頑張って、頑張ってくださいね」

老婆は足を止めずに進んでいき、ＪＪは取り残された。老婆は手で埃《ほこり》を払うような仕草でＪＪの触れたシャツの袖《そで》を叩き叩きし、数軒先のブティックに入って行った。

ＪＪはまた行き交う人々を振り返った。通行人はみな、ＪＪと視線が合わないように通りを見たり、腕時計を見たり、足下を見たりして視線を逸《そ》らした。ＪＪは構わず、声を掛けた。

「ねえ、ちょっと。すみません」

「ちょっと良いじゃないですか？」

ＪＪが、すがればすがるほど人々は速く歩き、大回りして去って行った。なかには歩道を下り、車道から迂回《うかい》する者まで現れた。

紳士然とした男がいた。

ＪＪは目が合うなり、男の腕を摑《つか》んだ。

「ねえ、お願いしますよ。話だけ」

するとＪＪの手首に痺れるような痛みが走った。男がＪＪの手を振り払った際、腕時計が当たったのだとわかった。舶来の高そうな時計だった。

「むう」ＪＪが思わず手を押さえて呻《うめ》くと胸元に何かが当たって落ちた。

五百円玉だった。

ＪＪはそれを拾い上げた。人が遠巻きにしながら歩いてゆく。不意にＪＪは自分が間違ったことをしているのではないかという不安に駆られ、道路を渡った。そしてあの塊に近づくと再び、見つめた。バスが大砲のようなクラクションを鳴らし、ＪＪの前で停まった。

フロント部が手を伸ばせば届くところにあった。フロント硝子越しに運転手が怒鳴り散らしている。ＪＪは塊を眺め、元の柱の辺りに戻った。しかし、今度は先程のように闇雲に通行人へ声を掛けることはしなかった。柱に背を預けぐずぐずと崩れるように座り込むと黒く汚れた爪を齧《かじ》りながら、眩《まばゆ》い日差しのなかに放置されているあれを見つめた。

あれはやはり人の子だ……人間だとＪＪは思った。人の子が死ぬのは珍しいことじゃない。しかし、死んだ後、あんな風に置いとかれる子供なんかあるはずがない。あれじゃまるで犬や猫と一緒だ。いや最近じゃあ、犬猫だって人間様並みに葬式まですることもあるっていうじゃないか……。なのにあの子はあそこで潰《つぶ》されて、そのまんまになっている。そんな可哀想なことが許されるわけがない。人間なんだ。犬や猫じゃないんだ。あんなところで誰にも知られずたったひとりで潰れたまんまにされていて良いわけがない。そこまで酷《ひど》くなってるはずがない。

ＪＪは商店街の入口へ目を向け、自分の側の通りの端に青と赤と白のねじりん棒があるのに気づいた。三週間ほど前、ＪＪはその床屋の店主からミカンジュースを貰ったことを思い出した。化け物じみた暑い日で、犬のように口から舌をこぼしたＪＪが通りを行ったり来たりしているのを見かねて声を掛けてくれたのだった……ＪＪは腰を上げた。

幸いなことに床屋に客はいなかった。ＪＪはゆっくりドアを開け、なかに入った。

「いらっしゃい」そう言いながら隅の丸椅子に座っていた五十代後半、頭の天辺《てっぺん》が見事つるつるになった店主が腰を浮かし掛け、ＪＪを見ると「あっ」と呟《つぶや》いて、また座った。「なんだ、おまえさんか。今日はなんだい？」

「だんなさん……ちょっと教えときたいことがあるんだ。俺一人きりじゃ、どうして良いのかわかんなくって……」

すると店主の銀縁眼鏡の顔に険が浮いた。「面倒は御免だよ。金もダメ」

「そういうんじゃないんです」

ＪＪは初めてまともに取り合って貰った嬉《うれ》しさから〈泥の塊〉について一気に捲《まく》したてた。

店主は難しい顔のまま話を聞き終えた。

「とにかく一度、見て欲しいんっす」ＪＪはそう言って頷いた。「すぐそこなんすから」

「ああ、そうだねぇ……」

ＪＪは煮え切らない店主の腕を取り、外へ出た。

「こっち！　こっち！」ＪＪは先に立つと早足で現場へと連れ出した。

ふたりはパブの前、道路の中央に立っていた。

「どう？」

ＪＪの言葉に店主は難しい顔をしたまま塊を見つめ、黙っていた。

「この部分が腕ですよ。こう軀《からだ》にぴったり寄せるように」

ＪＪが塊に触れ、身振りを交えて懸命に説明した。クラクションが四度、鳴らされる間、ふたりはそこに立ち続け、やがて店に戻った。帰り道ではＪＪも店主に歩調を合わせていた。

「申し訳ないが、わしには何とも言えんな。あんたの言っていることが正しいのかもしれんが、そうであれば警察の仕事になる」

「ええ、ええ。そうなんです。警察なんですよ。だからだんなさん、連絡して貰えませんかねえ」

　ふたりは店前のねじりん棒の前で話し合った。早くも店主の禿《は》げた額には汗がぬらぬらと浮かんでいた。

「うーむ。そいつはどうかな。正直なところ、わしにはあれがおまえさんの言うような代物なのかどうか、いまひとつ確信が持てんのだよ。そんなわしが通報したところで意味がないんじゃなかろうか……」

「ただ警察は俺なんかの話はまともに受け取っちゃくれない。警察っていうのは、そういうところだから」

「しかし、わしには確信がない」

「でも、子供が潰されて放っておかれてるんだ。見殺しにしておくつもりじゃありませんよね」

「だからそれはわからないじゃないか。あんたが勝手にそう言い張ってるだけで。わしにはただの泥の塊にしか見えなかったんだから」

「だから警察に言ってはっきりさせてみたらどうでしょう」

「なんでわしがわざわざそんなことをしなくちゃならないんだ。こっちは仕事があるんだ。警察なんかで遊んでられやしない。あんたとは違うんだ」

「そんな……可哀想じゃないですか。あれは子供です。あの子はあそこにいるんだ。ずっとひとりで。殺されて潰されて、そのまんまになってるんですよ。あんた達が笑って暮らしてる、そのすぐ横でペッチャンコになって放っておかれてるんですよ。あんたらはこんな近くにいて何も気づかなかったのか？」

「忙しいんだ」店主はそう言って店のなかに戻ってしまった。

「あんた親切だったじゃないか。ジュースくれただろう。そこをもう一度使ってくださいよ」

JJは懇願するかのように床屋に向かって叫んだ。

再び、周囲の人間が気味悪げにJJを避け始める流れを作る。

JJはもう一度、塊に近づいた。何か手がかりになるものはないかと泥のあちこちに触れてみた。しかし、何度も踏み固められたそれは柔らかい岩のようで探りを入れられるのを拒否していた。が、繊維と繊維が癒着し、ひとつになってしまっているような生地の端が少しだけ浮いていた。JJはそれを千切ってしまわないように注意深く持ち上げた。シャツの裾《すそ》に思えた。その折り返しに普通の汚れや染みではないものが認められた。カタカナだった。全体的に薄く、なんとか読み取れたのは後半の三文字のみだった。【ハルカ】と読めた。

と、突然、拡声器の音がした。一台のパトカーがあった。

ＪＪはのろのろと立ち上がった。

「なにをしている」

降り立った若い警官が拡声器で一度、そして、窓ごしに地声で一度、訊《たず》ねてきた。

ＪＪは首を振った。

過去において何度も殴られた経験が甦《よみがえ》ってきた。濃紺の制服、腰の警棒、全ての厭《いや》な思い出の象徴だった。

「此処で子供が死んでいるんです……」それを言うだけで口のなかがからからになった。奴は俺をパトカーに押し込む、そして人気のない町外れまで連れて行くと憂さ晴らしに殴ってから放り出す……。おなじみのパターンを覚悟した。

「ほんとうか？　それは大変だ」警官はＪＪの前に立った。顔に緊張が走っていた。

「被害者はどこだ」

ＪＪは自分の足下を指差した。「ここ」

警官は不審そうにＪＪの指摘した場所に視線を走らせ、次いでＪＪを見た。二度、それはＪＪと塊を行き来した。顔を上げた警官の顔からは緊張が消え、妙な笑みが貼り付いていた。

「舐《な》めてるのか？」警官が通りからこちらを窺《うかが》っている野次馬たちには聞こえない程度に囁《ささや》いた。「それとも、こんなことをしてどうなるのかわからないほど酔っぱらっちまってるのか」

JJは首を振った。

「ちがう。ほんとうです。よく見て！　よく見てくれ！　これは子供だ！　名前もある」そういうとJJは蹲《うずくま》り、塊にしがみつくようにした。「ほら！　これが手だ。お腹の線。ぺっちゃんこだが、ちゃんと見てやってくれ。部分じゃなくて全体を見れば浮かび上がってくるはずだ！　ここに名前が書いてある」

JJは泥の表面を手で叩《たた》いた。

警官はJJに近づくと示された生地の表面を見つめた。その顔にはJJが期待していたような驚きは浮かばなかった。

「何も見えないね」

「そんな莫迦《ばか》な！」JJは叫んだ。「ここに書いてあるじゃないか。ハルカ……この子の名前だ!!」

警官の顔に困惑が広がった。「一体何なんだ？　罰ゲームか？　それとも警官をからかったら缶ビール一本とかいう賭《か》けなのか？」

警官は物陰からこちらを窺っている仲間がいるのではないかと辺りを見回した。

「ちがう！　ちがう！　ほんとうなんだ！　これは人間の子供だ！」ＪＪは悲鳴のような叫び声をあげた。「胴しか残っていないけれど。ああ……なんであんたらにはわからないんだ」

「わからないのはおまえの脳味噌《のうみそ》だ。それが人間の子だとしたら親はどうしてる？　なぜ自分の子供がいなくなったのに黙っているんだ？」

警官の言葉にＪＪは詰まった。

「おまえの言っていることが正しければ、その丸っこいゴミの大きさからして、その子は推定三、四歳ということになる。親はどうした？　どこにいる？」

ＪＪはその若い警官の顔を見つめた。不思議だった。この男には子供が轢《ひ》き潰《つぶ》されたかもしれないという重大事より、自分の言葉が相手を凹《へこ》ませているかどうかといった方に関心があるように思えた。

「親なんかどうでも良い」ＪＪは呟《つぶや》いた。「親なんか関係ない。そんなのは後回しだ。いま、やらなくちゃなんないのはこの子をここから引っ剝《ぱ》がして人間らしく扱《あつか》うこと。そしてここの町の人間がまともじゃないということを証明すること」

「まともじゃないのはおまえの方さ」警官が腰の警棒を抜き取ると手の平でぽんぽん

と叩き始めた。目が細くなり間合いを詰めてきた。「公衆の面前で、こいつを使うわけにはいかないが何も奴らだってずっとここにいるわけじゃない」

「待ってくれ。俺は何もしてない」

「あちこちから苦情が入ってる。営業妨害されたという店もあるし、あんたに軀を触られたという女性の通報もある。当たり屋だという者も……」

ＪＪは警官の言葉の意味を理解し、肩を落とした。先程までの威勢の良さは微塵《みじん》も残っていなかった。「つまり、あんたはいつでも俺をしょっぴいて行けるってことですね」

警官は頷《うなず》いた。「どうする？　ここで温和《おとな》しくするか、それともうちで泊まってからセンターへ行くか」

センターという言葉にＪＪは身震いした。ありとあらゆる種類の負け犬と狂人をごった煮にしたスープ。社会復帰矯正援助センター。味のない飯と蚤《のみ》と虱《しらみ》の巣、戯言《ざれごと》と妄言と悲鳴と嘆きの缶詰。ＪＪは四十代の終わりに一度、そこへ収容されたことがあった。半年で出られたのが幸いした。それ以上いたら、狂ってしまっていただろう。そこは生きている限りもう二度とは戻るまいと決意した場所だった。

「どうする？　まだ面倒を続けるつもりか」ＪＪの様子を眺めていた警官が訊ねた。

ＪＪは力なく首を振った。そして頭をがっくりと前に垂らすと、とぼとぼと歩道へと戻り、路地へと消えていった。

警官はたっぷり時間を掛けてその後ろ姿を見送り、ＪＪが決して従順なふりをしているだけではないと確かめてからパトカーに戻り、走り去った。

ＪＪは目抜き通りから十分ほど歩いたところの公園のベンチに座っていた。目の前には滑り台やブランコ、砂場があった。あまりに暑いので木陰にも人気《ひとけ》はなかった。とっくに昼を過ぎているはずだった。ＪＪは自分が朝から何も食べていないのに気づいた。ベンチから立ち上がると遊具の端にある水飲みで、たらふく水を飲んだ。顔も洗い、頭も濯《すす》いだ。びちょびちょに濡《ぬ》れたまま木陰にあるベンチに倒れ込むようにして座ると首筋を撫《な》でる微《かす》かな風が心地よかった。

ＪＪは諦《あきら》めてしまうことにした。所詮《しょせん》、自分はいままで何度もそうした為《な》すべきことから逃げ、避け、忘れてきた。なぜ、今日に限ってあれほど執着しなければならないのか自分で自分がわからなかった。ＪＪは溜息《ためいき》をつくと顔を覆った。町を出よう、どこへ行こうと変わりないが少なくともここよりはマシだ……ＪＪは目を閉じた。そしていつの間にかうつらうつらと寝入ってしまった。

気がつくと周囲はすっかり暗くなっていた。この辺りは日が暮れると頭のおかしな餓鬼が湧く。ＪＪのような浮浪者に火をつけたり、撲殺してどぶに投げ込んだりして憂さ晴らしをする連中だ。彼は立ち上がると伸びをした。そうしている間にも頭のなかには泥《ハルカ》のことが甦ってきた。ふと目をやると街灯の脇、低い灌木《かんぼく》の下に何かが転がっているのが見えた。

拾い物で生活する習慣のあるＪＪならではの目配りだった。コップよりも少し大きめの白い物体。ＪＪは好奇心から灌木に近づくとしゃがみ込み、手を伸ばした。指先が平たいストラップに触れた。そして人差し指と中指に引っ掛け静かに引きずり出すと乾いた音をたてて、それは手元に現れた。水筒だった。外側にはアニメのキャラクターがプリントしてある。女の子用のピンクの蓋《ふた》の付いた水筒。中身は空っぽ。随分、長いこと捨てられていたのかすっかり泥だらけになっている。明かりの下で確かめるとプリントに手書きの文字があった。【ホ◎ジョ△ハル◆】。最後の文字は【カ】のようだった。ＪＪはぐらりと風景が回るような気がして、たたらを踏んだ。弾みでポケットから五百円玉が落ちた。暗がりへ逃げようと転がるそれを慌てて捕まえるとＪＪは暫《しばら》く街灯の下で立ち尽くした。

パブは開いていた。店主は相変わらず無愛想にＪＪをちらりと一瞥《いちべつ》したが昨日同様、ごった返す客の応対に忙しく、ビールを置き、五百円玉を持ち去ると後は無視を決め込んでいた。ＪＪにはありがたかった。水筒はスツールに腰掛けた股《また》の間に置いてあった。やはりハルカは捨てられたのだと思った。親は何か事情があって彼女をあの公園に置き去りにした。遊びに夢中になっていたハルカは親が消えたことに気づかず、暫くして捜しに出たに違いない。そして深夜、大型バスかトラックとの事故に遭った……。

可哀想に、まともな家の娘ではなかったのだろう。たぶん、ここまで彼女を連れてきたのは母親だ。夫の暴力から逃げたのではない。たぶん自分で逃げ出したのだ。別の男と。そしてこの町でいよいよハルカを捨てる決心をし、せめてもの親心として水筒に水を入れ、喉《のど》が渇いたら飲めるようにしておいたのだろう。誰か親切な人がハルカの養い親になるか、児童福祉施設に運ぶかしてくれることを期待して。

しかし、ハルカはそのどちらでもなかったのだ。

一台目に轢き逃げられれば、続く二台三台は人だとも思わなかったろう。その後、手足も首もばらばらにされ次から次へとやってくる車輪にくっついたまま西へ東へと分断されてゆき、最後にはあの泥の塊のような、馬の糞《くそ》のような堆積《たいせき》だけが残された。

それを知らぬ母親はいまでもぬくぬくしたベッドに横たわり、時折、どこかで暮らしている我が子を思い、子を手離さざるを得なかった我が身の不幸をぬくぬくと抱きしめ涙しているのだ。

「ねえ、あんた。ここの目抜き通りで人が撥《は》ねられても知らん顔なんてことはあるのかね」

ＪＪはカウンターに並んでいた同い年に見える男に訊《たず》ねた。男は「そんな莫迦なことあるわけがねえ」と言下に否定した後、ちょっと周囲を見回してから頷いた。「けどな、大きい声じゃ言えねえが、ここらに住んでる奴らはみな自分のことだけしか考えねえ。車のなかで人が死んでいても放っておくし、赤ん坊が窓から身を乗り出していても平気で商売を続けるような奴らばかりさ。去年もそんな話を聞いたよ。ひとり暮らしの婆さんが料理の最中、服に火がついたんだが、通りに助けを求めに出てきても誰も助けに来なかったって話だ。火だるまで暫くあっちにぶつかりこっちにぶつかりして自然に消えるまで燃え続けたもんだから骨まで真っ黒だった……」

「なんてこった。どうしてそんな……」

すると男は目を細め、さらに小さな声で囁《ささや》いた。

「銭にならねえからだ」

ＪＪはそれっきり黙りこくってしまった。

ハルカは自分が去った後も、地べたにへばりついているだろう。そして俺は地面に何かを見つける度にハルカのことを思い出し、何もせずにおいた自分のことも思い出す……。

三十分後、ＪＪはジョッキを摑《つか》むと、半分以上残っていたビールを一気に喉の奥へと流し込んだ。

店主が隅で拍手をしたが、ＪＪの耳には届かなかった。

思った以上に骨の折れる仕事だった。

ＪＪはいま、道路の上にいた。しゃがみ込み、ハルカを剝《は》がそうとしていた。アスファルトとハルカの間に爪をこじ入れ、千切ってしまわないようにゆっくり剝いでいくのは想像以上に骨が折れた。車は街灯の切れ目になった場所に突然、道路にしゃがみ込んでいる人影を見つけ、急ブレーキを踏み、クラクションを鳴らし、窓から怒鳴りつけた。すんでの事でＪＪも撥ね飛ばされそうな瞬間もあった。しかし、ＪＪはそうしたことが一切、目にはいらぬのか、一心不乱にハルカを剝がし続けた。

そしてようやく剝がし終えるとＪＪは自分のシャツにハルカを包んだ。

ハルカのいた路面は脂染みで黒く変色していた。

微かな腐臭が鼻を突いた。

JJはハルカを両手で抱えると町外れの墓地へと向かった。せめて自分の手で埋葬してやろうと決意していた。

小さな霊園に近づくと、いつもと違って涼やかな風が出てきた。

細く寂しい道を死骸《しがい》を包んだシャツを胸に歩いていると遠くで家族団欒《だんらん》の笑い声が聞こえてきた。JJはひたひたと自分の足音を聞きながら進んだ。普段なら避けているはずの道だった。

ぼすっと音がし、息が苦しくなったので驚いた。背中がじんじん疼《うず》いた。見ると足下に野球の硬球が転がっていく。指笛、口笛の類《たぐい》が両脇の鬱蒼《うっそう》とした林の間からし、JJは身を硬くした。

「こいつプーの爺《じじい》だぜ」木々の暗がりから声がした。「大事そうに持ってるのは何だい？」「それを置いていけば逃がしてやんよ～」それぞれが別々の口で話された。幼さが残っているにも拘《かか》わらず人間性の欠片《かけら》も感じさせないゾッとするような奇妙なトーンをそれらは含んでいた。

「じじい……」

それらは姿を全く現さなかった。
ＪＪは駆け出した。
一斉に歓声《かんせい》があがり、足音が迫ってきた。

・ニュース
昨日、○○霊園の奥で絞殺死体が発見された。遺体は首にロープが巻かれ、両脇から綱引きの要領で引き絞られた為、頸部はほぼ切断寸前になっていた。周辺には当人の物と思われるシャツと損傷甚だしい別の人体の一部が発見され、捜査本部では鑑定を急いでいる。

# 或る嫌われ者の死

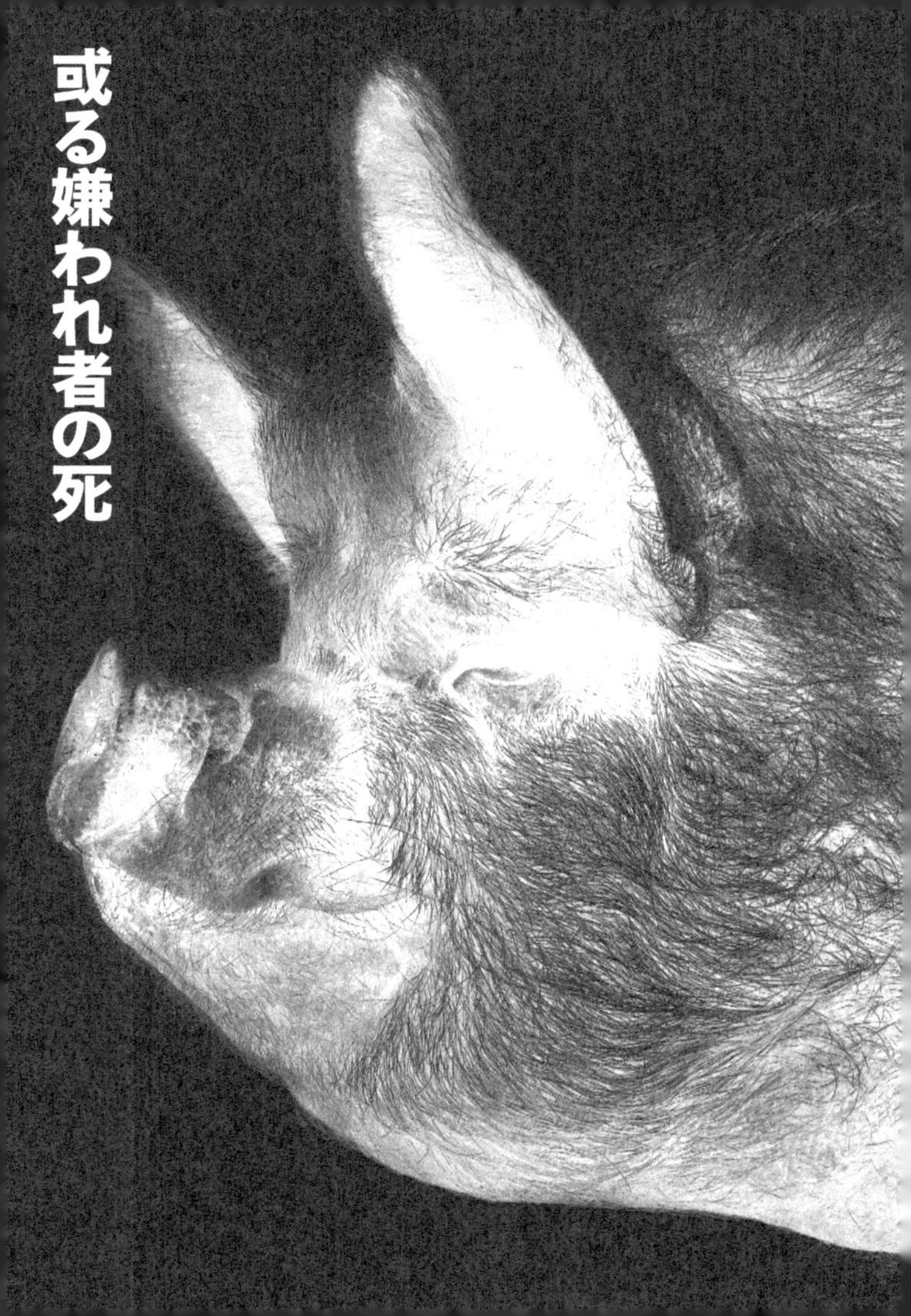

# 1

緊急呼び出しが入ったのはクレアとエイミーを乗せて『アルフォンツォ』の駐車場でサイドブレーキを引いた時だった。

「ジェイ、お願い」

助手席のクレアが私の肩に触れ、後部座席にいるエイミーを確認するように一瞥《いちべつ》すると首を振った。「オネガイ」二度目に使ったのはカタコトの日本語。クレアがそれをするのは彼女が真剣だということだ。

理由はわかっていた。親子三人で食事ができるのは二ヶ月ぶりのことだし、私は昨日までジェット燃料貯蔵施設爆破事件の報告書作りと怪我をした隊員と家族への対応に翻弄《ほんろう》されていたのだ。気がつけば毎日がこの調子。自宅のベッドで普通の男のように寛《くつろ》ぎながら寝たのは半年も前のこと。背中はとうにマットレスの感触を忘れてしまっていた。

『アルフォンツォ』は界隈《かいわい》では最も予約の取れない南シシリー料理の店だった。オリーブオイルをふんだんに使ったパスタやカツレッツ《コトレッタ》が絶品だと〈スヌーカー〉にも載っていた。私はコック長の息子がスイテングウ四十五団にいることをカールから聞き及び、なんとか手を尽くして今夜の予約リストに名前を滑り込ませることができたのだ。

今夜は八回目の結婚記念日だった。

緊急呼び出しは止まらない――私はポケットの上から、鳴りつつ震えているライターほどの大きさのそれに触れ、逡巡《しゅんじゅん》していた。

「……ジェイ。隊長には許可を貰《もら》ってるんでしょう？」

「ああ、今日は明け番ということにして貰っている」

「緊急出動隊員は、あなただけじゃないわ」

「ああ。じゃあ、こうしよう……状況だけ聞く。それで終わりだ。無視しておくことはできないからね。それじゃ食事が楽しめなくなってしまうよ。状況だけ、そしたら俺は口頭で指示だけをする。五分か十分だ……いいね。君はエイミーを連れて店に入っていてくれ」

「きっとよ」

クレアは私の瞳《ひとみ》をしっかり見つめると車を降り、エイミーの手を引いて店内へと向かった。黒のロングドレスがブロンドの長い髪によく似合った。エイミーが何度か振り返っては手を振ったが、クレアは前を向いたまま入口へと消えた。

「ベケット」私は応答した。

『ジェイク……』かすれた隊長の声が届いた。じきじきの連絡となると事態は最悪だし、それは次の言葉で確信となった。『すまない……』勇猛果敢の隊長が非番の平《ヒラ》の班長に詫《わ》びる。それは絶対を意味していた。拒否できない命令がこれから発動されるのだ。

「くそ」思わず口走ると即座に返事があった。

『どうした？』

「あ、いえ……」

『今、どこだ？　地下鉄のイチガヤ駅に来られるか。いや、来てくれ』

俺は現在地を不承不承、伝えた。

「しかし……隊長。今日は非番で、女房や娘と夕食を一緒にすることになっていて……実はもう始めているんです」

『それは良かった。ひと口も楽しめずに呼び出すのはさすがの俺でも心が痛む。すぐに切り上げて来い。渋滞を考慮しても四十分だな？　車で来い。付近の地下鉄は使えなくなっている。奥さんたちにはタクシーを呼んでやれ。領収書を忘れるなよ。聞いてるか？』

「隊長、今夜は結婚記念日なんです……」

『知っている。俺が結婚記念日を女房とふたりっきりで祝えたのは水晶婚《クリスタル》。十五年目だ。おまえは何年目だ』

「八年目。青銅婚《ブロンズ》です」

『そいつはゴム婚式とも言って大したことはない……切るぞ。中年男が転落し、やっこさん電車とホームの間に挟まれている。これぱっかりは、おまえでなけりゃ駄目なんだ』

「なぜです。そんなの通常業務じゃないですか？　私でなくても」

『状況がややこしいことになっていてな、おまえ以外の適任者が半径六十キロ以内に見つからんのだ』

「よくわかりません」

　すると隊長が一拍おいた。

『負傷者は日本人なんだ。おまけに純血種《レアレース》なんだよ』

## 2

駅のホームは人でごった返していた。

中程で鉄道警察官らしき男と相談をしていた隊長が私を見ると手招きした。

周囲から囃《はや》したてるような拍手が起きる。

「男はこの後ろ。八両編成の三両目、真ん中のドア付近にいる」

「野次馬が多すぎませんか？　人員整理を、これじゃあ……」

「行《や》っている。人手が足らんのだ」

隊長は舌打ちし、ホームに沿って歩き出した。

既に車両は空っぽでドアは閉じてあった。

目隠し用シートを捲《めく》ると車両とホームの隙間に落ちている男がいた。

ホームに手をついているところから、まるでバーのカウンターから客のオーダーを取ろうとしているかのように見えた。

周りには医療班と、同じ隊の仲間が電車の先頭と現場を行き来していた。

「彼は我が隊のメンバーだ。以後、彼があなたのケアをします」

私はしゃがみ込むと男に挨拶《あいさつ》をした。

「私はジェイクです。ここから出るまで私があなたをサポートします」

すると男が大きく目を見開いた。

「日本語だ。あんたは日本語ができるのか」

「はい。母は日本人ですから」

男は嬉《うれ》しそうに口笛を吹こうとして顔をしかめた。

「へへ、胸が苦しくってダメだ」

男の体はホームと車両の隙間、十センチほどの空間に押し潰されていた。

「慌てないで。いま、レスキューがあなたを救出する準備を始めています。医療班も待機しています」

「さっき妙な注射を打とうとしたから、気をつけろ！　俺は日本人だぞって叫んだんだ」

「いつです？」

「三、四十分前」

振り返ると隊長が肩をすくめて見せた。

「我々は本人の同意の下、唾液《だえき》を採取し、ＤＮＡ鑑定から彼が純血種であることを確認した。現在、救助の状況はNEGM《国際民族保全機関》への報告対象になっている」

私は眉《まゆ》をひそめた。ひっかかることがあったのだ。

「で、俺はいまこうして引っ張り上げて貰うのを待ってるんだ」

彼は再び、日本語に戻った。

「日本語で通しますか？」

「そのほうが良い。英語は得意じゃないし、こんな時には余計に落ち着かないよ」

「まずどうしてこうなったのかを教えて貰えますか？」

「高校生ぐらいの若造が溜《た》まっていて、そのなかのひとりがホームの柱に小便をしたんで注意したんだよ。おい、そんなとこでするな。便所へ行けってね。やつらはおとなしく引き下がったんで、やれやれと安心していたら電車が入ってきた途端、突き飛ばされたんだ。刑事さん、あいつら捕まえてくれよな」

「わかりました。ホームには監視カメラがついていますので分析をすることでしょう。ちなみに私は刑事ではありません。消防隊員です」

「俺の鞄《かばん》を見つけて欲しいんだよ。電車にぶつかった時、どこかに落としちまったらしいんだ」

『日本人なんか放っておけ！』

野次馬が叫ぶとまばらな拍手が起こった。

男はため息をついた。

「ああいう莫迦《ばか》ばっかりだから、都会は本当に厭《いや》になる」

男は首筋を掻《か》き、今度は欠伸《あくび》をする。

「なあ、あとどのくらいで引っこ抜いてもらえるのかなぁ」

「そろそろサーマル《S》・スプレッダー《S》という機材が到着するでしょう。そうすれば助け出せます。大きなハサミのようなもので初めは閉じた状態になっています。それをホームと車体の基部に差し込み、今度は油圧を使って開いていきます。するとここの隙間が広がり、あなたを傷つけることなく救出できると思います」

「腰から下の感覚がないんだ。まさか無くなってるってことはないよな」

「両脚が切断されていれば、あなたはとうの昔に死んでいますよ。太腿《ふともも》の付け根には大腿動脈《だいたいどうみゃく》の血管があります。これが断ち切られていれば数秒で失血死します。あなたはこの状況で既に小一時間、元気に話してらっしゃる。ただ楽観はしないほうがいい。これだけの事故なんです。命が助かっただけでも奇跡ですよ」

「ジェイク」

隊長が〈ちょっと来い〉と顔を傾けた。

「失礼」

隊長は男に話が聞こえない場所までやってくると振り返った。

「なんと言ってる？」

「あとどのくらいで引き上げて貰《もら》えるのかと訊《き》かれました」

「なんと答えた」

「S・Sが到着するまでの辛抱だと伝えました。スプレッダーはまだですか？」

「既に届いている」

そこへ無線が入った。

「一緒に来い」

ホームでは男から少し離れたところで災害時用のファイバースコープを操っている人間がいた。医療班のボスであるマーブルズの丸々とした巨体もあった。いつものように苦虫を噛《か》み潰《つぶ》したブルドッグのような表情をしていた。

彼らは電車とホームの陰になって見えない男の下肢を捉《とら》えようと躍起になっていた。

「どうだ？」

「わからん」

隊長の問いにマーブルズが唸《うな》った。

彼はスコープを手にして隊員たちへ確認すべきポイントでシャッターを切らせていた。

男が心配そうにこちらを眺めていた。

「やつについててやれ。但し、S・Sについては未着だと話を引き延ばすんだ」

「わかりました」

男はおあずけを食らった犬のような顔をして私が近づくのを待った。

「なあ、あそこで何を見てたんだ」

「スプレッダーを差し込む場所を探しているんです。下手な場所に加重をかけてあなたを潰しちまったりしないようにね」

「俺はイトー・ジュージだ。あんたは漢字は書けるのか」

「ええ、多少は」

「畜生」男が顔をしかめた。

「痛みますか」

「へへ、痛いっていうよりも胸苦しいって感じだな。喉《のど》から胃にずっと棒が突っ込まれてるような……。おふくろさんはどこの出身だったんだ」

「東京です。カツシカ区だと聞いています」

「俺の親父とおふくろはナガノだよ。あの時……」

『ジャップを殺せ！』

規制線の向こうから声がかかる。また拍手。

「未《いま》だにああいう手合いが多くて参るよ」

男は野次馬に一瞥《いちべつ》をくれると微笑んだ。

「あの時、あんたのおふくろさんは国外にいたんだね」

「ええ。ミネソタに留学していたそうです」

「大変だったろう」

「そう聞いています」

「うちは全員が国内にいたんだよ。地獄だったらしい、村の近くの町は中性子爆弾で全滅させられた。建物はまるっきり無傷なのに人間から犬、猫、鶏、金魚まで生き物は全部死んだらしい。政治家の莫迦野郎が始めたんだ。あいつらが死ねば良いのによ」

「結果的にはそうなったじゃないですか」

その時、隊長から声がかかり、私は立ち上がった。

「すぐ戻ります」

「早くやれって云ってくれよ。シャワーを浴びたいんだ」

男は笑って手を挙げた。

3

「下肢挫滅《ざめつ》。出血はほぼその全体から始まっていると思われます。大腿動脈の損傷も充分考えられます。視認による出血は相当量……」

駅長室でマーブルズの部下がファイバースコープでの目視結果を報告した。

次いで私と同じ隊の者が立ち上がり車両状況を説明した。

「当該車両は電動車両でありましてドイツのGSMGグループ社製であります。総重量約210トン、一車両が26トン。現負傷者を圧迫しながら車両を持ち上げるにはジャーナル・ジャッキが必要となりますが……」

「圧迫？」私は思わず口を開いた。「あれ以上、彼を圧迫してどうするんですか？」

「黙って最後まで聞け」マーブルズが呟《つぶや》いた。

「その為にはふたつの問題点をクリアしなければなりません。ひとつは前後の余分な車両の撤去。ふたつめは通電の問題です。前後の車両を取り除かなければジャーナル・ジャッキを設置することはできません。その際、現在、負傷者に掛かっている加重の変化予測ができません。マイナス方向に働くことは確かですが、その振幅が読めないのです。ふたつめの問題として地下鉄はご存じのように動力をパンタグラフではなく線路から供給している構造上、作業前にこれを遮断する必要がありますが当駅は防衛省機密施設に属しておりますので、その旨の問い合わせを現在、防衛省にしております」

「答えが戻るのは来月になるな」隊長が皮肉まじりに呟いた。

「デュカン、彼の時間はあとどのくらい残っているんだ」

マーブルズが医療スタッフに問いかけた。

「いまの状態で二時間。輸血で一時間弱は稼げると思いますが、いずれ血流の回っていない脊椎《せきつい》、腎臓《じんぞう》、膵臓《すいぞう》が順次、機能停止を起こしていきますので、それ以上は……」

「よくもって三時間か。どちらにせよ日付が変わる前に決着がつくな」

「それなんですが……交通局から線をそんなに不通にはしていられないと」背後に立っていたワイシャツ姿の男が小さな声をあげた。「人命尊重はもちろんなんですが、何しろ夕方のラッシュからあぶれてしまった人で各線ごった返してしまって、このままだと二次災害の出る恐れも……」

「ではいったい交通局は、どうしろというんだね」隊長が振り向いた。

男はその視線を外すように俯《うつむ》くと呟いた。「スプレッダーの使用を……」

「ふん、これが白人の子供だったら同じことを云うかね」

マーブルズが床に唾《つば》を吐いた。

私は疑問を抑えきれなくなった。

「ちょっと待ってください。なぜスプレッダーの使用をためらうんです。このままだと彼はいずれ失血死してしまう。いますぐにでも彼を引き出して病院へ急送したらどうですか？　スプレッダーなら車両の撤去は不要なはずだ」

部屋中の視線がいっぺんに集まった。

「隊長《シェフ》、ジェイクには説明していないのか」マーブルズが苦々しい顔をした。

「非番だったのを無理矢理連れ出して負傷者に応対させてたんだ。そんな暇があるか」

隊長がため息をついた。

「どういうことです？」

「俺から説明しよう」マーブルズがパイプ椅子をぎしぎしと鳴らしながら私に向き直

った。「ジェイク、負傷者である彼が現在、ああして生きていられるのは実は彼に乗っかっている車両と挟みつけているホームのおかげなんだ。上半身が奇跡的に無傷であったこと、挟まれた部位が肺の圧迫を避けたことで彼の心臓は血の供給を、肺は酸素を、それぞれ滞ることなく行っている。出血はしているが極度に圧迫されているので下半身に血を送らなくていい。その為、少ない血量でも充分にああしてやっていけているのだ。おまけに神経も局所的に分断されたおかげで痛みも驚くほど軽減だ」

「そこへS・Sであれ何であれ圧迫を解いたらどんなことになると思う」隊長が付け加えた。「血液は一気に下半身へ回り、断裂した下腿《かたい》動静脈から再出血する」

「それだけではない。血圧が保てない」マーブルズが私を睨《にら》んだ。「彼は即死する」

　室内を沈黙が支配した。

「我々はプロだ。可能な限りあらゆる手段を検討した」隊長がぽつりと呟いた。「残念ながら、彼を救う手だてはない」

「ではどうすれば良いんです？　あのまま潰されかけたゴキブリみたいに死ぬのを見物してるんですか？」

「答えは彼がもっているよ、ジェイク。君は日本語を解す。我々よりもより深く彼の心情を理解できるはずだ。答えを見つけろ」

隊長は呟いた。

## 4

「輸血をします。承諾書にサインを下さい」

男は顔を上げた。

「いつになったら出してくれるんだ」

「痛みが強いですか？　我慢できなければ鎮痛剤を打ちます」

男は私が差し出した書類にサインをするべくペンを取った。しかし、それはすぐ手から落ちてしまった。

「さっきから指の震えが止まらない、へへ。なあ、あそこにいるやつ、見えるかい」

彼は野次馬を指さした。「白いブラウスを着たブルネットの女の横に立派なスーツを着たアジア人がいるだろう。あいつ、さっきから俺に中指をおっ立ててるんだ。早くくたばれってわけさ」

「気にしないことです」

「日本人がじわじわ死ぬのを見たがってるんだ。残念ながら俺は死なないけどな」

「ええ。その意気です」

「俺には娘がいるんだ。来月、一歳になる。あんた、カミさんは日本人かい？」

「いいえ」

「俺とカミさんは日本人同士なんだ。日本人は全世界で二千人を切ってしまった。もう消えゆく民族だよ」

「だからいままでは世界中が大切にしようとしてるんですよ」

「〈種の保存指定〉だろ。だから、あんたもわざわざこうして出張《でば》って来てるわけだ。とにかく【死亡・受傷時には詳細な報告が要求され、故殺、虐待によるものではないことを識者からなる保存委員会により評価される】。レッドデータブックの人間版だ。あんた知ってるかい。この六十年で三百の民族が地球からいなくなってるんだ。ま、もっとも半数は俺たちに原因があるんだろうけどな」

「〈感染爆破《アウトブレイク》〉が日本の生物兵器開発の失敗によるものだという説は否定論が強いですよ」

「それは証人が丸ごと消えちまったからだよ。兵器として開発したのに保管に失敗して国民をモルモットにしちまったんだから世話がねえ。おまけにそれが隣国に飛び火して地球規模の大惨事になった。未《いま》だに嫌われるわけがわかるし、俺だって逆の立場だったら同じことをするさ」

あのスーツ姿の男が再び中指を立て「電車を動かせ！　早く潰しちまえ‼」と怒鳴った。

承諾書を見せると医療チームが輸血を始めた。

男の顔には既にソバカスのように鬱血《うっけつ》点が生じ始めていた。

「ああ、暑いなぁ」男は額の汗を拭《ぬぐ》った。

私にはまだ実感が湧かなかった。この目の前でぺらぺらとしゃべっている男が既に死人同然だということが。つまり彼が生きているのはいくつもの偶然の結果にすぎず、しかも、そのバランスは針の先ほどの変化で崩れてしまう。自分のなかにもそんな緊張感は湧いてこず、全ては何かの手違いか思い過ごしでしかなくスプレッダーで拡げてみたら案外、普通の怪我人みたいに痛みに呻《うめ》きながらストレッチャーで担ぎ出されていくのではないかという考えがどうしても拭いきれず、またそちらのほうがリアルだった。この男が即死するなどとは到底、信じられない。

「ああ、そうだ。俺には娘がいるんだよ。もうそろそろ一歳になる。家族には連絡してくれたのかな。さっきあの体の大きな人には話しておいたんだが……」

なぜか男は同じ話をした。

「心配ありません。してると思いますよ」

　そして男は胸ポケットから財布を取り出した。

「偶然ていうのは恐ろしいもんだな。だって俺はいつもこいつを尻《しり》ポケットに入れてるんだ。ところがここまで乗ってきたバスの椅子がやけに固くて座り心地が悪いから胸に入れた。尻だったらこうして取り出すことはできないもんな」

　私は頷《うなず》いた。

　男はなかから折りたたんだ写真を取り出した。

　赤ん坊を抱いた黒い髪の女性がこちらに向かって微笑んでいた。

「去年さ。夏に戻った時、海辺に家を借りて三日だけ過ごした。最高の三日間だった」

　男の爪は割れ、黒く油が染みこみ、ひどくごつごつしていた。労働者の手だった。

「俺はこっちの車両組み立て工場に出稼ぎできてるんだ。給料の大半は銀行に預け、仕送りはカツカツでやらせた。もちろん俺もカツカツ。昼飯はパンの耳を水で膨らませて済ませ、夜も徹底的に自炊した。一円だって無駄にしたくなかった。酒もギャンブルもなしで三年やったんだ。俺はいままで何にもまともにはできなかった男だけど、この三年だけはやり遂げることができた。なんでだろう……わからないな。理由があるとすればカミさんと娘がいたせいかな。それとも歳取ったからかな」

その瞬間、男の胸元にパシャッと何かが当たった。

生卵だった。まばらな拍手と非難するブーイングが同時に起きた。

「大丈夫ですか？」

私はハンカチを手渡して立ち上がると野次馬を睨みつけた。

『ヘイ！　ミスター・バナナマン！』

その声にくすくすと笑い声が起きた。

私はさらに野次馬たちを下げるよう無線で連絡を取った。

「平気さ。慣れっこ。物心ついた時からやられてるんだ。それよりもハンカチが汚れてしまったよ。すまない。良かった、写真が汚れなくて」男は財布に写真を戻し、胸ポケットにしまった。「でもね、やっと今日の夕方、銀行をくどき落として事業資金の借り入れができたんだ。相手のいう額を担保として定期預金に積み立てることができたからね。俺は来週にでも工場を辞めて家族のもとに帰るんだ。何をすると思う？」

「さあ」私は動揺を隠すのに必死だった。

「焼鳥屋《ジャパニーズ・バーベキュー》を二人で始めようと思ってる。もう物件のあたりはつけたんだ。大家さんが珍しくいい人でね。小さな店だけど人通りは遅くまであるし……」

男が咳《せ》き込み、手に血が付着した。驚いた表情でそれを見つめていた男は次に私に視線を移した。男は黙っていた。そしてホームにいる他の隊員を見つめた。数人が男と目が合った瞬間、逸《そ》らすのが見えた。

男がまた私に視線を戻した。

暫《しばら》く、黙っていた。周囲の音が引き潮のように遠のいて感じられた。

「俺は助かるんだよな？」

「もちろんです。いま、その為にみなが必死になってるんです」

「そうだよな。こんな死に方したら虫けらだよ」

5

「なんとか家族と機内電話《エアロ・フオン》が繫《つな》がるように手配した。奥さんは娘さんと一緒にこちらに向かっている」隊長は大きく息を吸った。

「どのくらいで来られるんですか」

「到着は明朝六時に羽田だ。いまは太平洋上にいる。彼の家族はホノルルに住んでいる。米軍ジェットの申請は日本人を理由に断られた。あれなら四時間で来られるのだが……」

「奥さんに事情は……」

「現地の隊員に空港まで迎えに行かせた。説明は受けているはずだ」

「彼女は云うでしょうか、真実を彼に」

「わからん」

「私にはまだ答えと呼べるようなものが探り出せてはいません」

「偏西風が荒れていて飛行状況がかなり悪い。安全を考え、通信は一度きりに制限された」

「わかりました」

「通信終了後、直ちにスプレッダーによる救出を行えとの命令だ」

隊長は静かに告げた。

私は立ち尽くした。

「既に関係交通機関を含め十万人以上に影響が出ている。これ以上は無理だ」

「ようやく署長や駅長ら上が、非難されないだけの条件が揃ったということですね」

隊長は黙ったままでいた。

ホームに戻る途中、医療スタッフから声を掛けられた。

「ジェイク、本人に変わった様子はないか？　痛みが限界に来ているはずなんだが」

「そんな素振りは見えないが」

「そうか……よく観察してやってくれ。場合によってはモルヒネを限界量入れる」

「了解」

男は数分席を外した間に何年も年を取ってしまったかのように見えた。

既に目に光がなくなっていた。そろそろ受傷して四時間になろうとしていた。

「大丈夫ですか」

「ああ、遅かったじゃないか」

「既に説明があったと思いますが、ご家族と連絡が取れました。ご希望なら機内電話で話すことができます」

「どういうことだい」

「え？」

「単なるホーム転落事故じゃないか。なぜ、こうも時間を掛け、地下鉄をストップさせ、家族と飛行機の電話をさせたりするんだ。さっさと俺を抜いて運べば済むことじゃないか？」

「万が一ということがあるからです。あなたは電車に挟まれています。こちらは怪我の状態を調べることもできない手探り状態。救出も慎重にならざるを得ない……」

男は私の目をまっすぐ見つめ頷いた。

「そうかい……。畜生！」

突然、拳《こぶし》を振り上げるとホームを、自分を、車体を殴りつけ始めた。

私はそれを制止しようとしたが振り払われてしまった。

「ちくしょう！　ちくしょう！　ちくしょうぉぉ！」

「落ちついてください」

どこかで野次馬が歓声をあげ、声を真似るのが響いた。

「ひとつだけ正直に答えてくれ」やがて男は肩で息をしながら真剣な顔で呟《つぶや》いた。

「立場が逆なら、あんたらが採っているやり方を自分にもして欲しいか……」

すぐに答えることはできなかった。

私は『いいえ』と喉《のど》まで出かけた言葉を飲み込んだ。

『ジェイク、奥さんとつながった。そちらにモニターを運ぶ。やはり電波状態はよくない』

駅長室から無線が入り、階段側からモニターを持ってくる隊員の姿が見えた。

「残念ながら気象条件が悪く、電波が良くない。この一回きりだと思って話してください」

男はモニターに付いたマイクを手にした。

「もしもし……」

やすりをかけたような雑音が走る。

『……もしもし。あなた……』

柔らかな声がすると男の顔に明るさが戻った。

「エミ」

『苦しくない？　……いま、チエと向かってるの。がんばってね』

男はまるで相手が目の前にいるかのように何度も頷《うなず》いて見せた。

「大丈夫だ。病院で待ってるからな」

『……か……のよ……』

「なに？　なんだって？」

『チエが今朝、歩いたの』

「ほんとうか……そうか……そうか」

『ビデオに撮ったわ』

その瞬間、男が私を見た。私は視線を外した。

「畜生、生きてえなあ。駄目かなあ、無理かなあ」

『パパ』突然、無邪気な子供の声がした。

男の目から涙がこぼれた。

「チエ！　チエ！　良い子でいろ」

雑音が会話を断った。

「俺は死ぬんだな」

私が黙っていると男が突然微笑んだ。

「明日も明後日も生きていく人間が今、死ぬ男に嘘はよしなよ」

私は頷いた。

奇跡的な通話が復活した。

『ありがとう……あなた……本当にあり……』女の叫びがした。

「俺もだ！　俺もだよ!!」

再び通話は切れた。そして二度と戻らなかった。

男はマイクを返した。

私のインカムに隊長からの指示が入った。

「いまからあなたを救出します。用意が整いました」

男は黙って頷いた。唇が震えていた。

ホームにマットとストレッチャーが用意された。

スプレッダーが男の両サイドへ安全な距離を取って差し込まれた。

私が引き出すための救助用ロープを男の両脇に回した。

「合図と同時に引き出します。力を抜いていてください」

「いろいろ、ありがとう」

男は手を差し出し、私はそれを握った。

「頼みがある。俺のズボンのなかにコインロッカーの鍵《かぎ》が入っている。ウエノ駅のロッカーの鍵だ。それを女房に渡してやってくれないか……。とても…とても大切なものが入ってるんだ」

「わかりました」

ロープをかけ終えた。

隊長が作業班に最終確認をした。

「俺は死なないよ。あんたがた全員をびっくりさせてやる」

我々を見回し、男は笑った。

「3、2、1。GO!」号令とともに油圧式スプレッダーが稼働した。

数秒後、男の緊張した顔が緩んだ。

「引け!」慎重に持ち上げると男の体が抜け出した。

ぶるんっと一度、男は痙攣《けいれん》した——それだけだった。目を開けたまま、まるで遠い星を眺めているような顔つきで、その場からいなくなってしまった。

ズボンに鍵はなかった。

可能な限り鍵を探したのだが、見つからなかった。

男は翌日の夕刻、貨物室に運び込まれ、妻子とともにホノルルへと帰って行った。

以来、私は結婚記念日には最上の酒を人数分より一杯多くグラスに注ぎ、宴が終わるまでそのままにしている。

理由は云わない。

# 或るごくつぶしの死

# 1

もともと頭の巧《うま》い女ではなかった。

あいつと俺の間で起こった明け暮れは、避けられないデタラメな偶然の連続が引き起こした質《たち》の悪い冗談のようなものだったんだ。

その頃、俺は大学入試を一浪中で〈二浪はさせない〉と田舎の親父に引導を渡されたばかりでテンパっていたし、小海《こうみ》は小海で『夜中に這《は》いながら寄ってくるアニキ』と『人の軀《からだ》を膝下《ひざした》から斜めに見て、にやにや笑う田舎者の視線』に耐えきれず、村から逃げだしてきたばかりだった。

あの日、俺は駅前の雑踏のなかで〈ともくん〉という妙に粘っこい声を聞いた。

夕方、サラリーマンと、そうでない人間とが肩ぶつけ合って、我先にと押し合いへし合いするなか、よくあんなか細い声が耳に届いたものだと不思議に思うけれど、やっぱり小学校から中学まで同じクラスになったり離れたりしてきた小海の耳慣れた〈声〉には軀が反応するものなんだな。

とにかく小海は雑踏の風圧を避けるかのように券売機の脇にそっと立っていた。奴は十年前のドラマにも出てこないような野暮ったい服を着ていたし、田舎にいた頃よりも全体的にボテッと膨らんで見え、俺が気づいたことがわかると照れたような顔をし、次に深々と頭を下げた。両膝に当てた手が、白いセーターの袖口《そでぐち》を握って筒にしていた。

俺も何か言ったと思う、でもそれは「おう」とか「うっ」とか、そんな感じの意味をなさない言葉だったろうな。

俺は電車に乗るのを止め、駅から通りへ出た。

少し離れたマクドに入るまで一度も振り返らなかった。

振り返らなくても小海がついてきているのはわかっていたし、ついてこない小海じゃないから心配なかった。

席に着くと小海はトレーにハンバーガーやらシェイクやらコーヒーやらを載せて現れ、自分は黙ったままフライドポテトを吸い殻を潰《つぶ》すようにトレーに塗りつけていた。

隣のテーブルの予備校生グループが、小海をちらちら眺めてはニヤついているのがわかったが、俺は気づかないふりをした。

「出てきたのです」

小海はコーヒーが冷めるまで黙っていて、やっとそう呟《つぶや》いた。

元々、小海の兄貴のケーゴは小さい頃から変態で、俺たち年下の者を集めては山で蛇や鼠や子猫なんかを石で潰すのを見学させたり、中学になると手淫《しゅいん》を見せつけたりしていた。

小海とケーゴの母親は隣町にある缶詰工場のエライさんの二号で畦《あぜ》が焦げつく真夏に会っても灯火《ともしび》のように暗い女だった。

ケーゴが小海の布団へ〈夜這う〉ようになったのは小海が五年になった頃だったという。

「初めはケーゴが何か怖い夢でも見て、怖くなって、それで来たということなのでしょうかと思っていたのです」

小海は相変わらず、ちょっとズレた莫迦《ばか》丁寧な物言いをした。おどおどと怯《おび》えながら人を見る小海は言いたいことを一旦《いったん》、口のなかで転がしてから喋《しゃべ》った。

「でも、それはそうではなくて。ケーゴは【あたため】を目的としていたのです」

【あたため】とは文字通り、温めあうことを意味し、ケーゴは小海の軀を手や舌を使って擦《こす》り続け、【あたため】たのだという。

俺はそうしたことを小海がぽつりと呟いたとき、〈あ、こいつはもうやってるな〉と思い、冷たいテーブルの前で身を丸めるようにして座っている小海の軀をあらためて眺めた。肩幅は狭かったが胸は天板に乗っかりそうにせり出していた。

急に小海の全体が蒸《ふか》したての饅頭《まんじゅう》のように感じられ、俺はセーターの膨らみを指先で突《つつ》いてみた。

ハッと小海は顔をあげたけれど、俺は指を残したまま今度は掌《てのひら》でちゃんとふくらみを触ってみた。そこには自分の軀のどこにもない柔らかで温かいものがあって、それは浪人中に溜《た》まっていた俺の中の厭《いや》なものを一挙に吸い出してくれそうな力を持っていた。何故かはわからないけれど崩れないよう皿の上で伏せたカップからプリンを外したときのことを思い出していた。

小海は不安そうな顔で下唇を嚙《か》み締め、珍しく俺を睨《にら》みつけた。吐息をついたとは思えなかったけど柔らかな天花粉《ベビーパウダー》みたいな匂いがしてきたのは確かだった。

俺はゆっくり手を離した。

コーヒーを飲んだ後、トイレから戻ると小海は消えていた。

二週間ほどして、再び姿を現した小海は既にアパートを借りていて、それは俺の通っている予備校からほど近い住宅街の外れにあった。最初に会ったときと同じように俺は改札で彼女に声を掛けられ、前回とは逆に小海に案内されるようにアパートへと連れてこられた。

その日、俺は生まれて初めて男と女のことをし、それがいろいろなことの始まりになっていった。そして早々と、自分の下宿にいても勉強するしかない俺は小海の部屋に入り浸るようになり当然のように男と女のことをし続けた。

小海は、お金を実家から持ち出して来ているのか、それとも仕送りをして貰《もら》っているのか普通に暮らしていけるだけのお金は持っていた。確かに田舎出の小娘が都会でやっていく上で、その点は不思議だったけれど小海が自分からその辺りを話すことはないし、俺も詳しく聞きすぎて何か問題を押しつけられたり、相談されたりするのは厄介だったから焚《た》き火の周りをうろつくような感じで核心に触れそうなことは見ざる聞かざるでいた。

アレが終わると小海はいつも「躯が泥になりました」と畳に気の済むまで寝そべっていた。

俺もアレが済めば、取り敢《あ》えず小海に用はなくなるので、図書館から借りた本を読んだり、書きかけの懸賞用小説を拡げたりした。もちろん、飲み物が欲しいと言えば小海はもっそり起き上がって用意をし、風呂《ふろ》に入りたいといえば支度した。母親のように口うるさくもなく、好きなときに好きなことを言いつけられ快適だった。そんな勝手気儘《きまま》にできる空間が心地よかったし、受験の不安で、ささくれだった気持ちを落ち着かせてくれた。

2

「ともくん……生理が来ないのです」

ズーデニで小海がそう呟いたとき、俺は思いきり吐きそうになった。いや、実際、口の中にあったジャンバラヤをトイレに吐き出しに行った……吐き出した。

「なんでだよ」

怒鳴りそうになったけれど止めた。

小海が一瞬、失神する直前のように白目を剝《む》いたからだ。

「嘘だろ」

「おしっこ検査器で色味が出たのです。それでお医者に行ったらおめでとうございます。ごかいにんですと言われたのです」

「マジで？　マジかよ」

「なかだしだからです。なかだしは子ができます。それは道理です」

「だって、おまえピル飲んでるって言ったジャン」

小海は大きく頷《うなず》いた。

「初めは飲んでました。でも飲むと必ず気持ちが悪くなり、頭が痛くなり、顔にイボが咲くので、前に飲むのを止め……」

「え！　ふざけんなよ、おまえ」

思わず手を上げると小海は頭を庇《かば》うようにし早口になった。

「飲みました。飲んだときもあります。飲んでいたでしょうし。でも、飲まないときもあったのです」

——アクシデント。

——ケアレスミス。

耳鳴りがしてきた。

アレを始めた頃、俺はコンドームを着けると必ずゴム負けして亀頭が赤く爛《ただ》れるので、小海に医者へ行きピルを処方して貰うように命じ、それからはずっと生でしていた。

「部屋で話そうぜ」

説明によると小海は最初の三週間分ほどしか飲んでおらず、ということは半年近く避妊せずにアレをしていたことになった。

「おまえ、ちゃんと飲まないとどんなことになるかわかってたんだろう？」

「それは大丈夫です。ともくんの子供はほしいから」

「ふざけんなよ！　俺はいやだよ」

俺は思わず立ち上がり、テーブルにあった飲み残したピルのシートを小海に叩《たた》きつけていた。

正座しながら聞いていた小海は俯《うつむ》いて肩を震わせた。

「おまえ、とにかく医者に行って堕《お》ろして貰え。でないと大変なことになるぞ。これは大火事になるよ。ボヤのうちに消しておくんだ。わかるよな」

こういうと俺が恰《あたか》も自信満々のように思われるかもしれないけれど、内心はびっしょり汗をかいていた。最も怖ろしいのは小海が焼け糞《くそ》になって何もかも田舎の母親らに告げてしまうことだった。

そんなことをしたら俺の人生は本格的に終わってしまう。

こんなくだらないケアレスミスで人生を負けるわけにはいかなかった。

だからここは小海の心をがっちりと摑《つか》みつつ、その上でこちらの言うことを実行させなければならない。

俺は威厳を保ちつつ、愛しているからこそ忠告するんだよの姿勢をアピールすることにした。

「小海、わかれよ。いま、俺はおまえを幸せにするだけの力がまだ無い。だから、そうなるまで少しだけ力を貸してくれ、頼む」

すると俯いていた小海が顔をあげた。牛のような黒目に涙が溢《あふ》れていた。

「幸せにするということは、結婚するということでしょうか」

莫迦《ばか》違うよ……と喉元まで出かかった。

とにかく何でも良いから小海を丸め込んで堕胎させなくてはならなかった。そう思うと俺はなんだか、こんなくだらない女のせいでしなくても良い苦労をしている自分がとても可哀想になって涙が出てきた。

小海は吃驚《びっくり》して俺の顔を眺め、それから、しくしく泣き出した。

「ごめんよ、小海。俺の力が足りなくて。力があればなぁ。そうしたらベイビーを救ってやれたのに」

思ってもない言葉が口からぺらぺらと溢れ、なんだか俺は自分が本当に心根の優しい悲劇の人に思えて仕方なくなってきた。

痛いほど俺の腕を摑んだ小海は俺の顎《あご》の下で頷いた。

——その頭は糞汁臭かった。

「とにかくベイビーにはもう一度、産まれる列に天国で並び直して貰おう。ちゃんと産まれて貰うにはこちらの準備が整うまで天国で待ってて貰わなくっちゃ」

「ああ、そうだと思われます。おろしますおろします」

小海は堕胎を承知し、その夜は安心して俺は中出しが三発できた。

深刻なトラブルはいつでも出し抜けで、重ね餅《もち》でやってくる。

具合の悪いことに丁度、その頃、予備校では重要な全国センター模試が迫っていたんだ。かなり決定的な合否予測も出るし、結果は両親にも送られることになっていた。

とにかく今まであまり身の入らなかった勉強だったけどこれをきっかけに本格的な戦争状態へと俺を叩き込むのは目に見えていた。

だから、俺は小海に付き添って医者に行くということができなかった。

とにかく二十四時間ぶっ続けで勉強しても足りないから病院の待合室なんかで無駄

な時間を費やすことは親のことを思うとボンヤリとだが胸が痛んだ。

それでも俺は小海に医者に行くように指示し、予備校が終わると様子を見に行った。

莫迦小海は、なかなか教えたようにできないし、予約も取れなかった。

「おめでとうって言ってくれたお医者には申し訳ない気がするのです」

「関係ない、そんなのあっちは一日に何人も何人も産ませたり潰《つぶ》したりしてるんだ。仕事なんだからいちいち気にしちゃいないよ。そんなこと気にするなよ」

「ううう」

まだ腹が目立って大きくなってはないけれども、うかうかしていられないのは事実だった。

俺は予備校を終え、夜になると彼女の部屋に押しかけ、けしかけ、叱り、なだめすかして一刻も早く済ませてくれるように頼み、最後にはいつも愛を繋《つな》ぐ手段として避妊せずにした。思えば妊娠中のメリットは重ねて妊娠はしないということだけだったので、それは俺へのご褒美と割り切っていた。説得すると小海はその場では頷くし、約束もするんだが、当日、堕胎の確認をすると実行していなかった。その日その日で体調が悪かっただの、予約が取れなかっただの、医者が怖いなどと言う。本当に俺はついていなかった。

『女医が良いと思いついたのです』

「おまえ、いい加減にしろよ。堕ろしたいのか？　堕ろしたくないのかよ！」

電話口で俺が怒鳴る。

するると小海は必ず黙りこくってしまった。

仕方ないので部屋に行き、説得する。と、頷くので俺はまたさらに重ねて約束させ、絶対だと言わせ、これ以上は言わないぞと脅しつけ、最後は自分へのご褒美で締めた。


ある日、小海が本気にならないのは俺が〈する〉からではないかと思い、二回ほど説得しただけで戻ってきた。しかし、小海の態度に変化はなかった。と、そんなこんなを続けているうちに模試の日は近づき、小海の腹もシャレにならなくなってきた。どうにかしなけりゃどうにかしなけりゃとは思いつつも、模試の勉強を優先させなくてはならないし、たまには小海以外の息抜きに漫画喫茶に入り浸ったり、予備校の奴らとカラオケに行ったりした。やらなくちゃやらなくちゃとは思っているのだけれど、肝心の時間を作ることがなかなかできない。鍋《なべ》でゆっくりと煮られるようなジレンマに俺は疲弊していたし、小海への連絡も間遠になっていた。そして本格的に頭を模試にシフトチェンジした俺は、こう考えるようになった。小海だって莫迦じゃないだろうし、自分の人生なんだから一から十まで指図するのはひとりの人間として彼女を駄目にしてしまう。だから、俺はある時期から、もうあまりネチネチ言うのを止めた。小海の主体性に任せることにしたんだ。だって実際、勉強のストレスはそれどころじゃなく、集中するため自分の中のいろいろな衝動を抑えつけるのに小海を使う必要があったんだ。ああ、そうなんだ、正直なところ堕胎云々《うんぬん》は少し無理してでも延ばしてしたら当然、しばらくアソコは使えなくなるだろうから、その辺は性処理道具としての使命を果たさせるべく、うまく受験まで調整しなくちゃ……。あまりにも俺が可哀想すぎるじゃないか。

## 3

色のない部屋。

目につくのはモノトーンの壁、白い食器棚、白いテーブル、白い椅子、白いカーペット、壁に作り付けの書棚も食器棚同様、中身はスカスカ。ちょっと見、倒産が決まって掃除の行き届かなくなった侘《わび》しいショールームのようだ。実際、すべてにうっすらと埃《ほこり》が積もっている。白とは言いながら、くすんだグレーに見えるのは、きっとそうした汚れのせいなのだ。

小海がこのマンションに引っ越して一年が経つ。

部屋は現在の俺のアパートより、よっぽど上等。

あの後、なんとか俺は滑り止めに合格し、今は形だけでも経済を学び、四季を通じてテニス、サーフィン、ドライブを楽しむ同好会に入り、先輩後輩上下関係ゆるゆるのキャンパスライフを謳歌《おうか》している。

このままいけば恋人をゲットするのも夢じゃない。

窓から西日が差し込んでいた。

部屋の中央には不釣り合いなアンティークのベビーカー。大きめの車輪がついていて、その上に籐《とう》の籠《かご》と日除《ひよ》けのボンネット。そこから白いレースが籠の縁まで覆っている。

俺は足音を立てないよう注意しながら近づくと、なかを覗《のぞ》いた。

綿のような柔らかな産着に包まれた物《ブツ》が目をつむっている。

赤ん坊……もちろん人間の。

こいつの出生届は出されていない。

小海は産婦人科でブッを放《ひ》りだした後、そのまま新たに借り受けたマンションに閉じこもっていた。結局、小海はなにひとつ自分で解決しようとせず、いたずらに時間を浪費した結果、堕胎の時期を大幅に逸してしまった。

俺は今でもそうだけれど、奴のこういう緩まった脳味噌《のうみそ》が許せなかった。今の気分は？　と問われれば下品な物言いになるが、お巡りのネズミ取りに引っ掛けられたり、ぼったくりバーでカモられたのと大して変わらないネと言いたい。

それに今まで小海は曖昧《あいまい》な感じで実家から仕送りをして貰《もら》ったんだとか、死んだじいさんの雀の涙ばかりの遺産が入ったんだとかほざいていたが、実は売春とタカリで金を稼いでいたのがバレた。

渋谷、新宿、池袋、川崎辺りで出会い系で知り合ったサラリーマンや学生相手に淫《いん》売《ばい》やって稼いでいたんだ。

まったくふざけた話だよ。

つまり俺は奴のマン汁で喰《く》ってたってことだ。

胸くそ悪い。

で運良く、そのとき、随分と頭の弱い恐妻家の医者を引っ掛けたらしく、そいつが小海の妊娠を知って泡喰ってバカスカ手切れ金代わりにと援助していたらしい。で、極めつきがこの1LDKのマンション。

その辺りの事情を俺は聞きたくもなかったので無視していたが、とにかく物《ブツ》が出てからは小海が「熱が出ています」とか「血膿《ちうみ》のような乳が出ました」なんて何を知らせてきても、やる以外は無視していた。

俺は小海が産む他ないと決まった時点で、〈こどもを生むのはわたしのかんぜんなるエゴです。かとうともひこさんには今ご、一切ごメエわくはおかけいたしません〉と一筆書かせた。

小海は泣きながら、それを書き、その後、安心したかのように腹を膨らませていった。臨月を迎えると何度か腹が痛いと携帯に電話があったけれど、俺はそれを無視しなくてはならなかった。それは連絡の度に様子見をしたりして何か法的根拠の発生するような既成事実が積み上がったり、この先、小海が俺を頼りに生きていくような莫《ば》迦《か》げた心根が生まれてしまっても困るからだ。

俺にとってはこの一連の事件はすべてハプニング。

いわば詐欺的騙《だま》し討ちに遭った被害者の身としては、無駄な感情の生まれる可能性は断たなければならなかった。

とにかく誰にも知られることなく穏便に堕胎ができなくなった（最後に相談に行かせた医者は小海にこの月齢では殺人になりますよなどと莫迦女にとっては決定的なひと言を発したらしい）以上、緊急避難として出産はさせなくてはならないけれども、それによって取り返しのつかない被害を俺自身、蒙《こうむ》るのは絶対に避けたかった。

実際のところ腹の大きくなった小海をアクシデントやハプニングによって穏便に処理できないものだろうかと自殺の名所である断崖《だんがい》を巡ったこともある。しかし直接、突き落としたり、写真を撮る振りをして崖《がけ》から足を踏み外すよう指示したりはできなかった。変な言い方になるけれど根っからの悪人ではない自分がこのときほど恨めしかったことはない。

その後、いよいよ陣痛が始まったと本人から携帯に連絡があったときも俺は新歓コンパの真っ最中で、それどころではなかった。なので電話もロクに取らず、返事もしなかった。

無理して出て、奴のなかで〈いざとなったらやっぱり〉などという道がつくのは御免だったし、それは彼女にとって不幸だし、絶対、為にならないことだった。もちろん、ここまで無視すれば、さすがの小海も冷たい人だと誤解するだろうが、そこはお互いのため歯を食い縛り我慢するしかない。濡《ぬ》れ衣《ぎぬ》は不愉快だがそれも長い目で見れば彼女の為だと割り切った。

それにしても出産前後の禁欲は堪《こた》えた。

おかげで吉原《よしわら》のソープで結構、散財してしまったり、ヌキキャバと言われる店に行って淋病《りんびょう》に感染したりして、本当に散々な目にも遭った。

そういった不潔な処理に懲りた俺は小海を説得し、産後二週間ほどでやらせてもらった。本人は痛がり、俺は俺で何だかアソコを縫い散らかしたような痕《あと》がごわごわして気持ちが悪かったけれど性病を患うのは金輪際御免だったので仕方なく我慢することにした。

俺は一刻も早く小海が、どこか俺の知らない離れ小島にでも離れて行って、そこで物《ブツ》と幸せにひっそりと暮らしてくれればと祈っていた。できれば連絡だけ取れるようにして、性欲を感じたときだけ会いに来させるような関係が希望だった。小海を俺のそういう性処理的セイフティーネットにできれば、俺自身、本命のカノジョを焦らず、腰を据えて探すことができる。

実は大学生であるにも拘《かか》わらず俺にはまだ自販機のように好きなときに好きなだけ

やらせてくれるような女がいなかった。俺なんかよりずっと何もない、ただ気が良いだけのウスラ男にはできているのに……。俺は小海にスナックや小料理屋をやる為の水商売の手引きのような本を買い与えた。女ひとりで子供を育てるには、昔からそういう方法が一番手っ取り早そうだし、小海はまた淫売で稼いでいるようなので、それとなく金を貯めさせる方向に持っていけば良いかなと思ったのだ。

ここひと月ほど、小海は自分から〈男を探す〉と言い出した。

「連れ子がいても良いという男はいるのです。その男をさがし出してみようと思うのです。発展します」

願ってもない申し出に俺は小躍りした。

当然、見つけた男に本気になりすぎた小海が突然させてくれなくなるという危険性は孕《はら》んでいたものの背に腹はかえられない。

「ともくん、そのときだけ、アレの面倒をねがいます」

小海は頭を下げた。

俺は承諾し、それから〈男探しの時間〉だけ、物《ブツ》の様子を見に来ることになった。

もちろん、学業優先なのでサークルが忙しいときは行かなかったけれど、それでもあまりに物《ブツ》が大きくなってしまっては男も躊躇《ちゅうちょ》するはずだから、できるだけ物《ブツ》が小さいうちに見つけさせなくてはならない。

西日はカーテンの隙間から物《ブツ》のいる籠の中まで差し込んでいた。物《ブツ》は唇を尖《とが》らせながら眠っていた。

最近、小海は産着《うぶぎ》をあまり交換しない。

そのせいで鼻を近づけると少し乳の病んだような臭いがした。

時折、物《ブツ》は舌を唇の隙間から覗《のぞ》かせ出し入れする。乳を吸っている夢を見ているようだ。既に産まれて三ヶ月ほどなので小海は「離乳食を始めるのです」と言っていたが、部屋のなかにその様子はなかった。

俺は籠《かご》のなかが暑くなりすぎないようにベビーカーを少しだけ移動させた。するとと物《ブツ》がゆっくりと目を開け、ふわっとした感じで笑った。物《ブツ》は、どういうわけか俺に気づくといつも笑うのだった。

俺は指で物《ブツ》の頬をちょんと突き、しっかりと握られている掌《てのひら》に触れた。すると物《ブツ》は顔をそちらに向け、俺の指を摑《つか》んで吸った。

俺を見つめ、口をこくこくと動かす……少し顔色が悪い。

「くすぐったいぜ」

「……でも、そういうものですよ」

独り言に返事があった。

振り返ると小海らしき女が真後ろに立っていた。

〈らしき〉と言ったのは髪はぼさぼさ、服もしわくちゃ、で、なんと言っても顔が黝《あおぐろ》の瘤《こぶ》で凸凹していたので小海だとすぐにはわからなかった。

「なんだ、その面《つら》」

「グゥで殴られたのです」

小海は床に血唾《ちつば》を吐き、拳《こぶし》で自分の顔を殴るふりをした。

「どうして？　相手は誰なんだ」

「背のおっきな、刺青《いれずみ》のある人。三人ぐらいでぼっこぼこ」

俺は溜息《ためいき》をついた。

「そんなの相手にしちゃ駄目だぜ」

小海はジッと俺を見つめ、一旦《いったん》、ベビーカーを覗き込んでから洗面所へ行った。喉《のど》の奥から何かを絞り出して吐き出すのと顔を洗う音がした。

「はい。どうぞ」

戻ってきた小海が俺の掌に何かを押しつけてきた。

抜けたばかりの歯だった。

「気持ち悪ィな、おまえ」

俺は部屋の隅に捨てた。

「取れたて産地直送でっす」

小海はクスクス笑った。

そのとき、物《ブツ》が泣き出した。か細いけれど気になる音。

なのに小海は一部畳になっている居間の隅に行くとごろりと横になった。

俺は今まで小海が物《ブツ》の世話をしているところをちゃんと見たことがなかった。彼女が帰ってくればすぐに出て行ったし、長居するのはアレをするときだけだったし、終わればさっさと着替えて帰っていたからだ。

物《ブツ》は珍しく泣き続けていた。

顔を真っ赤にし、狭い籠のなかで背中を反らせるようにしている。と、口から泡と液体の混じった白いものをごぶりと吐きだした。物《ブツ》は咳《せ》き込み、さらに声は大きくなった。ところが小海は仰向《あおむ》けになったまま髪の毛を弄《いじ》っている。

「なあ、泣いてるぜ」

俺は寝そべっている小海に声を掛けた。

「泣いてるうちが華なのです」

「何とかしろよ、莫迦《ばか》」

俺は呆《あき》れ、いつものように帰ろうとしたが、どういうわけかそのときだけはすんなり軀《からだ》が出口に向かわなかった。きっとあの泣き声のせいだ。俺は玄関で履きかけた靴を脱ぎ捨てると引き返し、テーブルの傍にある椅子に座った。

小海がぼんやりと俺を見つめていた。

僅《わず》かだが意外だとその目は訴えていた。

一分……二分……三分……。

物《ブツ》は泣き続けた。

俺は自分からは動くまいと思った。自分が何かをして小海の俺への依存指数を嵩上《かさあ》げしてはならない。ここはあくまでも自主的に物《ブツ》への世話をして貰《もら》わなければならないし、逆に俺の目というものが常にあるものだと納得させなければならなかった。

五分経った。

俺は盛大に欠伸《あくび》をするふりをし両腕を天井に突き出した。

小海は相変わらず寝たまま髪を弄っている。

殴られた痕《あと》が口唇ヘルペスのようにじくじくと朱《あか》く濡《ぬ》れている。膿《う》んだ薔薇《ばら》を散らしたような模様のあるペラペラのスカートも所々、鉤裂《かぎざ》きになって、太股《ふともも》が覗いていた。

〝こいつ、犯《や》られたのかな……〟

そんなことを思っていると小海は俺をチラリと見つめスカートをまくった。

「しますか？」

「莫迦、ふざけんなよ」

と、言いながら俺は小海の上に被《かぶ》さった。やっぱり来たからには報酬は戴《いただ》かないと思ったんだが、小海は全身からなにやら変な臭いをさせていた。獣脂のような鼻につく臭い。男たちの手脂を思わせた。それでも俺はやらなくちゃと思った。でなけりゃ、ここに来た意味がない。無駄足だ。時間の浪費だ。莫迦の一つ覚えだ。やらなくちゃやらなくちゃやらなくちゃ。俺はスカートをまくり上げ、小海のブラウスのなかに手を突っ込むとブラジャーのない裸の胸を摑んで顔を寄せた。

あの臭いが一層、強烈になった。

物《ブツ》がさらに苦しげな泣き声をあげた。

ひとつひとつの音が鼓膜のなかに錐《きり》を刺しこんでくるようだ。

俺は小海の胸に耳を付け、半分だけでも物《ブツ》の声を無視しようとした。

が、無視しようとすればするほど物《ブツ》の声は俺の脳味噌《のうみそ》を掻《か》き混ぜ、刻み、揺さぶった。

「お客さん、勃起《た》ってないっすねぇ」

股間《こかん》を摑んだ小海が冗談っぽく嗤《わら》った。

その声は今まで俺に向けられていたものとは全く別物に聞こえた。寂しがりで、不安で、甘えたがりで、泣き虫な小海の影はそこには微塵《みじん》もなく、俺は自分が集積場に捨てられたゴミ箱になったような気がした。

「うるせえな。うるせえんだよ！　おまえもアレも！」

俺は小海と物《ブツ》の両方に罵声《ばせい》を浴びせ、キョトンとしている小海の頭を殴りつけた。既に腫《は》れ上がっていたタンコブに当たったのだろう、拳には腐った野菜を叩《たた》いたようなグニャッとした感触が残った。

「いたい！」

小海は頭を手で覆うと畳に突っ伏し、泣き始めた。

「豚！　豚！　おまえらは豚だ！　死ね！　死んじまえ‼」

俺はそう叫ぶと床をドシドシ踏み鳴らし、外へ出た。

駅に着くまでの間、十回ケータイに小海から電話が入ったが取らなかった。

そして翌日も二十回、翌々日も三十回、次の日も次の日もそのまた次の日も電話は掛かり続けていたが出なかった。

かかってくると怒りが甦《よみがえ》ってきたし、出たくなかった。

電話は一週間鳴り続け、その後、ぱたりと無くなった。

その間、俺は校内で、サークルで、街で、バイト先（近所のコンビニで始めた）で女を探し、声を掛けまくったが、いずれも無視されたり、愛想は良いのだが、もう一歩踏み込んだ関係になれなかったりと苦戦していた。

「カトー君って、なんか信じられない感じがするんだよね」

ある女は合コンでぬけぬけとそう言い放った。

周囲の女も頷《うなず》き、驚いたことに男でも「あ、そうかも」などと言う奴がいた。

「え！　マジぃ？　参ったなぁ」

俺は何とか話題を変えようと戯《おど》けて見せたが場の空気は変えられなかった。

それから少しして俺は小海に連絡を入れた。

留守電になっていた。

俺はその日、二十回掛け、翌日、三十回掛け、翌々日にはその倍を掛け、留守録に掛け直せと命令しておいた。
ところがそれでも小海は電話を掛けて来なかった。
俺はマンションを訪ねた。
玄関で携帯を鳴らしたがやはり返事はなかった。
合い鍵を使いドアを開けると中は籠《こ》もった空気でムッとしていた。
そこには古本屋や古い倉庫の臭いがあった。
「こうみ……」
返事はない。
いつもと同じ位置にベビーカー。
が、色彩のない室内で目を引くものがあった。
壁にスプレーがしてあった。黒く大きな文字。
判別しにくいが、どうにか読むことはできた。
〈南無〉とある。
俺は部屋のなかを見て回った。
小海の姿はどこにも無く、服もそのまま、化粧品もある。
畳の上にはささくれがあった。

あの日、小海が寝転がっていた場所。

そこに六本の筋がついていた。

爪で掻き毟《むし》った疵《きず》。

細かな黒い点は血の痕だろうか。

ギシリ……。

背後でベビーカーの車輪が鳴った。

反射的に立ち上がり、日除《ひよ》けのなかを覗《のぞ》き込む。

物《ブツ》がいた。

小さな口を丸く開け、浅い呼吸をくり返している。頰が瘦《こ》けていた。口元には白い黴《かび》のようなものが固まっており、あの日、吐き戻したものが拭《ふ》き取られずにいたことを伝えていた。

すると物《ブツ》はゆっくりと目を開き、俺を見つめた。

青みがかった白目に小さな黒目。

小さな目だが俺は魂の底で戦慄《せんりつ》した。

俺はばたばたと台所に取って返すと茶碗《ちゃわん》に水を汲《く》み、ストローを探して戻った。そしてストローの先を水に浸《つ》けると指で片方を押さえ、サイフォンの要領でストロー内に侵入した僅《わず》かな液体を閉じこめると物《ブツ》の唇に当て、指を離した。

かさかさに乾いた唇がパッと開くとヒビから血が湧いた。物《ブツ》は泣きもせずストローに吸い付くとひと息で飲んでしまった。

俺は次から次へと物《ブツ》に水を与えた。

あまりに慌てたので物《ブツ》は咳《せ》き込み、ゲップをした。

俺は碗の水が半分ほどになったところで思い立ち、台所の隅に置いてあった粉ミルクを持ってくると指先に付けて物《ブツ》の口元に持っていった。すると物《ブツ》は首だけを伸ばすようにして俺の指先をしゃぶった。唇で挟み、舌先で俺の指頭を舐《な》め回す。

粉だけでもいけるんだ。

俺は何か全身が感動っぽくなり、ちょいちょい付けてはしゃぶらせた。

やがて物《ブツ》は疲れたのか、満足したのか手をぱたんと落とすと動かなくなった。

ポトンッ……ポトンッ……と台所から水の音がした。

俺は立ち上がり、蛇口を確認し、閉め直した。しかし、水漏れはなおらなかった。

俺はその場で小海に電話をした。

すると二回ほどで繋《つな》がった。

「おまえ、なにやってんだよ。物《ブツ》、ほったらかして」

『ナムっていうんです。今日は帰りたいと思っていますから』

「今日は……って。おまえ、いつから帰ってないんだよ」

『少し前からになります。いろいろ疲れてしまって。思い通りにいかなすぎます……人生』

「とにかくすぐに帰ってこい！　いいな！　帰ったら電話しろよ」

『ナムって言います。名です』

電話は切れた。

俺は溜息《ためいき》をつくと、ふと壁を眺め、小海は物《ブツ》に名づけたのかと気がついた。

〈南無〉それが物《ブツ》の名だった。

日除けのなかでは物《ブツ》が俺の顔をジッと見つめてい、不意にぽろりと涙を零《こぼ》した。

俺はそれを掬《すく》って舐めてみた。味はしなかった。

物《ブツ》はジッと俺を見ていた。

見ている。見ている。俺は見られていた。

その目は何かに似ていた。

部屋は暗くなり始めていた。

七時には渋谷に行かなくてはならない合コンがあるのだ。

「また来るからな。すぐにママが帰ってくるから」

俺は物《ブツ》にそう告げた。

「わかったな、ナム」

ナムは微《かす》かに嗤《わら》った。

4

小海から電話は無かった。

あれから数日経っていた。

俺はサークルやコンパに忙しく、とてもじゃないが部屋の様子を見に行けなかった。

ある夜、コンパで知り合った金回りの良いボンボン男がタクシーでアパートまで送ってくれることになった。俺は小海のマンションの前を通るようわざと指示をした。

小海は既に電話を掛けてくることはおろか、何度こちらから電話しても折り返しても来なくなった。

小海のマンションが見えてきた。

部屋の電気は消えていた。

午前零時、もう眠っているに違いないと俺は思うことにした。

翌々日、俺は小海のマンションを訪ねることにした。

行く前に電話を入れ、駅で電話を入れ、駅に着いてから電話を入れ、エントランスで電話を入れた。

留守録だった。


俺は部屋の前に立つとチャイムを押した。

返事はなかった。

合い鍵《かぎ》を錠に差し込んだが、ノブを回して踏み込むことができなかった。

俺はドアに向かって〝頑張れ〟と念を込めて両手を合わすと駅に戻った。

やはり主体は小海にあるのだ。それを侵すのは責任の所在を不明にしてしまう。

俺は電車に乗るときにも小海に電話をした。

返事はなかった。

もしかすると病院に連れて行っているのかもしれないと思うことにした。そうだ。

あのぐらいの子供はよく病院に行くものだ。俺の妹なんかはしょっちゅう、医者通いをしていた。

「そうなんだ」

口の中でそう言ってみると気持ちが落ち着いた。


やがて大学も夏休みになろうとしていた。

俺は実家に行く前にマンションを訪ねることにした。

そして小海にしっかりと育児に専念しろと告げようと決心した。

男が見つかるかどうかはナムがもう少しちゃんと育ってからにしたほうが良い、あの女に育児と男探しの両方が一遍にできるはずもなかった。

『にいちゃん、みんな、待っとるけん。早う、戻り』

母親から電話が入っていた。

俺は小海の部屋の前に立っていた。

チャイムの返事はなかった。

鍵を開け、ノブを回した瞬間、中がもぬけの殻になっていて……と淡い期待を抱いていた。

クーラーの冷気がひんやりと玄関口まで立ちこめていた。

俺は小海の名を呼びながら上がった。

室内はカーテンが閉じられ暗かった。
ベビーカーがドンと中央に残されていた。
俺は荷物を床に置くとそれに近づいた。
壁には〈南無〉の文字。
厭《いや》な臭いがした。
蠅のたかった魚の腸《はらわた》の臭いだ。
俺はゆっくりと日除《ひよ》けのなかを覗《のぞ》き込んだ。
布団の上には何もなかった。
枕に染みは残っていたが、ナムの姿はなかった。
俺は大きく溜息をつくと頷《うなず》いた。
ここにはもう来る必要がなくなったのだと思うと軀《からだ》が軽くなった。
水音も消えていた。
俺は荷物に手を伸ばそうと屈《かが》んだ。と、そのとき、ちょっと見えた。
ベビーカーの下に何かが溜《た》まっていた。
見るとそれは完全に乾涸《ひか》らびてはいるが液体の名残だった。
さらにベビーカーのバスケットの下部からは氷柱《つらら》のように黒い棒が四本伸びていた。

俺はボンネットのなかを再び覗き込み、布団を捲《まく》った。

焼き林檎《りんご》のような縮んだ塊が隠れていた。

産着までを黒く体液で染めた、それは半ミイラ化した顔をもっていた。

緑の歪《ゆが》んだ黒い空洞が眼窩《がんか》だったことを知らせていた。

俺はそのまま布団をかけ直すと、後ずさりした。


実家では両親共に上機嫌だった。大学生活のあれやこれやを訊《たず》ねられ、俺は酌《く》まれた酒に口をつけながらいい加減に返事をした。

翌日、妹とその友だちを車で海まで連れ出した。

「おにいちゃん、泳がないの」

今年、中二になる妹にせっつかれたが飲み過ぎたと俺は言い訳し、日陰に避難した。

海は家族連れで賑《にぎ》わっていた。

俺は携帯を取り出すと小海に電話を掛けた。

留守録になっていた。

俺は海に携帯を放り投げた。

白い塊が弧を描いて泡立つ波の中に消えた。

ナムの目を思い出した。
あれは海外のドキュメンタリーで見た目だった。
オレンジ色の囚人服を着た死刑囚のそれに似ていた。
真夏の海岸なのに俺は寒気を感じていた。
昨日からおふくろの手料理を喰《く》っても味がしなくなっていた。
あれほど好きだったものなのに。
すべてが緩慢になり、どうでも良くなっている。
理由はわかっていた。
人は思った以上に簡単にひとでなしになれるものなのだ。
こうして俺は二十歳で死に、八十で埋められるのを待つ身となった。

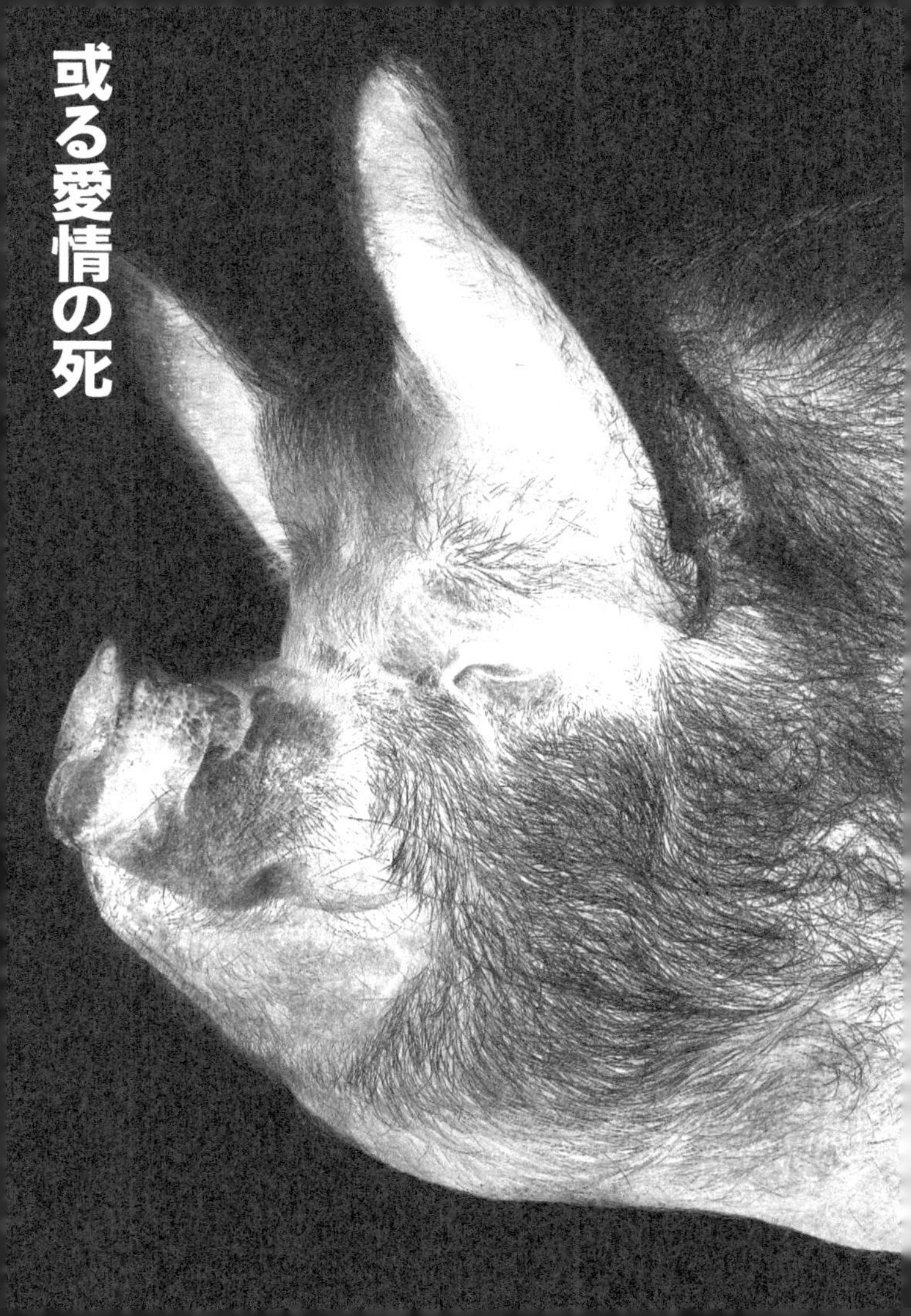
或る愛情の死

私の右の掌《てのひら》には一匹の蜘蛛《くも》が貼り付いている。

勿論《もちろん》、それは糸を吐くでもなく、また毛の生えた長い脚を蠢《うごめ》かせて移動することもない。

私の掌からは一歩も動くことのない肌色の蜘蛛。

この蜘蛛がやってきてからというもの家庭から笑顔が消えた。

家はがらんどうの硝子《ガラス》の箱になり、私と息子のユージは檻《おり》の中の動物のように所在なげに決まった時間に決まった食事を取り、風呂《ふろ》に入り、眠る。

そうした管理は妻がしている。

今、我々は朝食を食べている。

白いテーブルクロスには食器と花瓶が並び、私と妻は向かい合い、ユージは右横の席に座っている。積極的に交わされる会話はないのだが、三人が参加しているこの〈朝食ごっこ〉が白けた茶番になってしまわぬ程度の会話と、緊張を抑えるためのクラシック音楽が薄くかけてある。

私はこの頃、ますます味の薄くなった料理を口にしながら、極力、妻と目が合わないように努める。

ユージは皿のなかに今日の運勢を探すかのように前へのめり、やはり顔を上げない。

「おいしい？」

「ああ」

妻の芙美《ふみ》の問いに、続けてユージも顔を上げ、頷《うなず》いた。

が、それが良くなかった。

ユージの手元が止まった。

瞳《ひとみ》が大きく見開かれ、視線が停っていった。

火薬の傍《そば》で溶接を始めるような一触即発の緊張が漲《みなぎ》り始めた。

ユージの半開きの唇でスプーンが揺れ、その凹《くぼ》みに溜《た》まっていたスープがクロスに零《こぼ》れた。

「怖くはないのよ」

静まりかえったテーブルの上に、芙美の声が通る。

するとキッチンの入口あたりに据えられていたユージの視線が移動し、リビングとの境で再び止まった。

「怖くはない……恐ろしくはないはずよ」

芙美は微笑みながらも、断固とした口調で呟《つぶや》いた。

ユージが小刻みに震えだす。彼は皿へ口をつけ、素早くスープを啜《すす》り上げた。

その目は部屋の境と母親との間を行き交っていた。

私はサラダボウルから取り分けたレタスやクレソン、トマトやコーンをフォークで突《つつ》きながら二人の様子を窺《うかが》っていた。

「あ」

突然、ユージが自分の首元を押さえると背後を振り返って見せた。顔面は蒼白《そうはく》で唇の色が失《う》せていた。半ズボンから覗《のぞ》く膝《ひざ》がガクガクと揺れている。

「いま、首に触った……」

「どこにいるの」

「そこ、食器棚の前」

「見えないわよ、おかあさんには」

「でも」

ユージが唇を噛《か》んだ。

「あなたはどうなの、見えるの、見えないの」

「僕に見えるわけがないじゃないか……先生も言っていたろう」

「たとえ」芙美が遮《さえぎ》った。

空気が更に冷え白いテーブルクロスがスケートリンクに見えてきた。

「たとえ、本当だとしても、怖くはないわ。怖いわけがないじゃない。そうでしょう？」

「だが子どもにとっては」

「兄弟なのよ。兄弟。兄が家にいるからって怖がる弟なんて聞いたことがないわ」

「だが、その兄は死んだ兄だよ」

私の言葉に芙美は一瞬沈黙した。

「だからって何よ。同じじゃない」

「同じではないよ」

私はわざわざストーブの傍にダイナマイトを置いてしまった。覚悟からではなく単なる優柔不断から破裂しない程度に近づけつつ置いてしまったのだ。

「死んだものが家の中を徘徊《はいかい》するのは、普通のことではないんだ。たとえ、それがユージの妄想だとしても。おかしなことだということは認めてやらなくちゃ」

「それはあなたの手の蜘蛛が言わせているのね」

「これは蜘蛛じゃない……ケロイドだ。火傷《やけど》の痕《あと》だ」

「子どもはゴミとは違うわ。頭から掃《は》きだして、ハイ、おしまい。なんてことはできないわ」

「ママ……」

九つにしては幼く見えるユージが今にも泣き出しそうな顔をしている。

しかし、それに対する反応は芙美からはなく、目から涙を流し出していた。

私は火薬を置く場所を間違えた、既に導火線には火が点《つ》いてしまったのだ。

「ごちそうさま」

私は書類鞄《かばん》を手に玄関へと向かった。廊下の途中で無意識のうちに右手の小部屋をチラリと見やった。

そこは3LDK、五千四百万のマンションのなかに存在する小さな聖域であった。

芙美はあの事故以来、家族すらそこへ立ち入ることを禁じていた。

ユーイチの部屋だった。

「あなたは逃げるのね。我が子から逃げ出すんだ」

芙美の声が台所から響く。

私は手早く靴を突っ掛け、ノブに手をかけた。


ドン。

あの日の衝撃は一年経った今も忘れることはできない。

交差点で停まった私は束の間のドライブの感想をあれやこれやと楽しげに語っている芙美やユージ、そしてユーイチらの声に耳を傾けながらシガレットライターのボタンを押したところだった。

いきなり全身をゲートボールのスティックで一撃されたような衝撃で私は胸をハンドルに厭《いや》というほど叩《たた》きつけていた。

助手席の芙美が二重にぶれ、フロントガラスに向け射出しようとするのをシートベルトが捕まえていた。硝子の破砕音がして車自体が無理矢理引きずられ、回転した。

私はバックミラーが足下に落下しているのを知り、振り返ろうとしてサイドミラーに銀色のラジエーターパネルが大きく映り込んでいるのを奇妙な思いで見つめた。

私と家族の乗ったセダンは追突され、目と鼻の先にトレーラーの前部が食い込んできた。

私のセダンはトランクを易々《やすやす》と潰《つぶ》され、後部座席のシートを持ち上げるような形のまま、コントロールを失い滑っていた。

後部座席のふたりの息子が悲鳴を上げ、それに妻の声が被《かぶ》さる。

全身をシェイクされるような衝撃が何度も何度も続き、頭が白くなった。

目の前に緑色の塊が迫り、それがフロントガラスを突き破った。

粗目《ざらめ》糖のような粒が降りかかり、私はようやく車が街路樹に衝突して止まったと知った。シートベルトのバックルが見つからなかった。子どもの泣き声と混乱から考えをまとめることができない。ようやくバックルの解除ボタンを押してベルトを外すとドアの把手《とって》を引いた。が、ひしゃげたフレームは、すんなりとは開かなかった。

私はドアを蹴《け》りつけ、助手席に駆け寄ると外から妻の芙美を助けだした。車の後に黒い影が聳《そび》えていた
私のセダンから見れば工場のような大きさのトレーラーだった。

蒸気が噴き上がり、周囲にはタイヤの焦げた臭いとガソリンの臭いが充満していた。

「危ないぞ！　爆発する！」

どこからか出し抜けに声が聞こえ、トランクの下から虹色《にじいろ》の輪をあちこちに浮かべ

る液体が、迸《ほとばし》り、水溜りを作っているのが見えた。

私は助手席の後ろのドアを引いた。

ユージが車内から私に向かい手を伸ばすのが見えた。

「畜生、だれか！」

渾身《こんしん》の力を込めるがドアが開かない、既に周囲には十五、六人の野次馬が集まっていたが誰も駆け寄ろうとはしなかった。

芙美が隣に並び、一緒にドアを引いた。が、開かなかった。

私は運転席側の後部座席に回った。

ユーイチは顔面を打ったらしく鼻血を出していた。

「ユーイチ、目をつぶってろ！」

私はヒビの入った窓を肘《ひじ》打ちして砕き、ロックを引き、ドアを開けた。

芙美が反対側からユージを助けだそうと尚《なお》もドアと格闘しているのが見えた。

その瞬間、地面が震動し、巨人のくしゃみのように熱風が私に吹きつけた。引火したガソリンの熱風は信じられないほどで、太陽が耳元で怒り狂っているように感じられた。

芙美のけたたましい悲鳴と子どもふたりの金切り声があがった。

私は咄嗟《とっさ》に手前のユーイチのシートベルトを外すのを止め、奥のユージに取りかかった。野次馬の男に引き離されようとしている芙美が驚いた顔で、こちらを見ていた。

「パパ……パパ？」

突然、後回しにされ、不安の入り交じったユーイチの声と息が耳元に掛かった。

ユージのシートベルトは捻《ねじ》れ、バックルの解除ボタンは押し込まれているのに金具が外れなかった。

小さな破裂音がし、濃厚な熱風がドロリと流れ込み、我々は反射的に悲鳴を上げた。

私は解除ボタンを殴りつけ、更に押し込むことで、なんとかユージのシートベルトを外し、引き抜くと安全なところへと彼を運んだ。

そしてユーイチに取りかかろうとドアに手をついた瞬間、胸元を殴りつけられるような圧が車から噴き出し、仰向《あおむ》けに転んだ。

身を起こすと座席でユーイチが、生きたまま燃えていた。

松明《たいまつ》のように燃える髪がじゅうじゅう音を立て、火炎で泡立つように皮膚が弾《はじ》けている顔面へ墨のように溶け流れた。

「ユーイチぃ！」

私が叫ぶとユーイチはこちらを振り向いた。

『あぢゅいぃ』

確かにユーイチはそう叫んだ。

眼球がプチンと破裂し、頬を流れる。手足を滅茶苦茶に動かしているので化繊の服がチェダーチーズのように糸を引いていた。

私はもう一度、立ち上がり、駆け込むとユーイチの軀《からだ》に触れた。

バーベキューを思わせる肉汁と古い洋酒を焚《た》き火に投げ込んだような厭な臭いが立ち込めていた。

ユーイチは、かくんっかくんっと二度三度と痙攣《けいれん》をした。

それが最期だった。

後は人形のように、ただ燃え続けていた。指がグローブのように膨らんで爪が弾けると血肉が糸を引いて床に垂れた。

私は後退《あとずさ》った。

遠くでサイレンの音がしていた。

振り返るとユージの傍で芙美が呆然《ぼうぜん》とこちらを見つめていた。

その顔は今、起きていることをなにひとつ理解していない、突然、殻から取り出された雛《ひな》のように見えた。

ユーイチの脊椎《せきつい》に障害があるらしいと告げられたのは彼が生後六ヶ月のときだった。

当時、受持ちであった女医は淡々とただひたすら淡々と病状を述べ、彼は一生自立歩行はできないでしょうと締めくくった。原因が遺伝的なものであるかはわからないということだったが、私達は子どもを作ることを決め、二年後、ユージを授かった。

ユージは私達の心配をよそにすくすくと健康に育っていった。

芙美はユーイチの世話に明け暮れた。

日常生活のあれやこれやが自分ひとりでは自由にならないユーイチは母を頼り、芙美はそれに応《こた》えることに義務や生き甲斐《がい》を感じているようだった。母兄は必要以上に癒着《ゆちゃく》していたがそれは誰にも非難できないものであり、たとえ障害があるということを差し引いても大いにユージとの扱いに差があるように感じられたが口にすることは躊躇《ためら》われた。

彼女は断固として正しいことをしているのだと信じ込んでいたし、私を含め実母や姑《しゅうとめ》の意見には全く耳を貸そうとはしなかった。

時折、「扱いに差がありすぎるのではないか」という意見を匂わせようものなら、彼女は激しく怒り、動揺し、何時間でもそれについて話し合うことを求めてきた。

しかし、その内容は常に堂々巡りの自己弁護と憐憫《れんびん》に溢《あふ》れ、最終的には私自身の家庭に対する関わりの少なさを責め立てて終わるのが常だった。

そういった彼女との話し合いは謂《い》わば、ゴールのないマラソンのようなもので、どちらかが疲労困憊《こんぱい》し、理性ではなく、夏場にストーブの前で毛布を被って行われる我慢比べのようにその場から逃げ出すことのみが終了の合図となる不毛なものだった。

そして私がその戦いに勝った例《ためし》は、ついぞなかった。


「半年です」

主治医である野見《のみ》の言葉を聞いたときの妻の顔を私は忘れることができない。音が斧《おの》のように頭に叩《たた》き込まれたが如く、実際に妻の軀は揺れた。

ユーイチは半月ほど前から右胸の不快感と疼痛《とうつう》を訴えるようになっていた。

彼の世話の殆《ほとん》どを芙美に任せていた私は、先生が両親揃って説明したいことがあるらしいの、と伝えられ会社を休んで診察室にいた。

野見はユーイチが進行性の小児癌であること、既に肺から脊髄に転移が認められ手術は不可能であること、治療を行ったとしても半年ほどであろうことを告げた。

芙美はユーイチにそれを告げることはできないと言い、私も同意した。

セカンドオピニオンを取るべく、小児癌の専門医探しを始めた。

「今度の日曜はドライブに行きましょう」

宣告を受けて初めての日曜を前に芙美はそう言った。

私に異存はなかった。

半年もすれば、居なくなってしまう――そのことが私に以前よりもユーイチに対し気遣いをさせるようになっていた。

実際、私という人間はたった二日ほどで今までのユーイチに対する理不尽なわだかまりのようなものを払拭《ふっしょく》していた。

私は積極的に家庭に拘《かか》わるようになりつつあった。

そして私達は出かけ、事故に遭った。


ユーイチの件に関して物事は粛々と進んだ。

葬儀を終え、賠償責任の確認を取り、保険の手続きを経て、四十九日を過ぎた頃には世間的に言えば『ごたごた』の殆どが手続き上は終わっていた。そうしてひとつひとつが終わってゆくことが逆に私の中の消えぬ問題をクローズアップさせていった。それはまるで周囲の氷が溶け、閉じこめられていた遺物が露《あら》わになるのに似ていた。

そう。芙美はアレを尋ねてこようとはしなかった。

忘れるはずのない疑問——なぜ、ユーイチの救出を中断し、ユージに取りかかったのかを。

しかし、私も敢《あ》えてそれを持ち出そうとはしなかった。

互いに自己解決したわけでも、当事者なりの理解をしたわけでもなかった。

ただ単にひとつの家庭を木っ端微塵《みじん》にしてしまう可能性があるという予感がそれに触れさせるのを躊躇《ためら》わせていたのだと思う。

以来、私は常に起爆可能なダイナマイトがテーブルの上に置いてあるような緊張感を感じていた。


「お兄ちゃんが来るんだ……」

唐突にユージはそう言うと身を震わせた。

丁度、彼のバースデイケーキの蠟燭《ろうそく》に火を点《つ》け終わった時だった。

チャッカマンを持った妻の動きが静止画のようになった。

「お兄ちゃん……。真っ黒けなんだけど……僕の部屋に来る」

消すタイミングを逸した蠟燭が焼きつき、赤い液体が白いクリームの上に溜《た》まった。

次に緑の蠟燭が、次いで青が、黄色が、焼きついて巻いたフォイルの上から蠟だまりを作って固まった。

「取り敢えず消しなさい」

私の声にユージは辛うじて点いている蠟燭の火を吹き消した。

「お誕生日、おめでとう」

私だけの拍手。

芙美は俯《うつむ》いたままケーキの蠟だまりを見つめていた。

「……なんて」

「え？」

「お兄ちゃんは何て言った」

芙美の目はユージを真っ正面から捉《とら》え、詰問に掛かっているかのようだった。

「なんにも……ただ、すごくブツブツしてて……」

「ブツブツ？　やっぱり、なにか言ってるのね」

「ううん、違うの。お兄ちゃんは何も言わないんだけど、軀がぶつぶつ音をたててるの……すごく気持ちが悪い」

「気持ちが悪い？」

「……うん……怖いよ」

芙美はユージから視線を外した。

「気持ちが悪いわけないわよ、あんたのお兄さんじゃない。たったひとりの。可哀想なお兄さんでしょ」

「ちょっと待て」

「ひとりで生きたまま焼けたお兄さんじゃないの」

そう言うと芙美は用意してあったローストチキンの足を手で摑《つか》むと引きちぎり、ユージの皿に載せた。

「こんな風だったの？」

ユージは俯いたまま顔を上げなかった。幼い頰に涙が次から次へと伝わり、膝《ひざ》に落ちていく。

「こんな風に焼けていたんでしょ？」

「おい。なにをしてるんだ」

芙美は私を睨《にら》みつけた。

「わかってるんでしょう……。可哀想に。あの子はね、怒ってるのよ」

芙美は自分の言葉に納得するかのように頷《うなず》いた。

「そうよ、そうよねえ。見殺しにされたんだもの、それは悔しいわよ、恨めしいわよ。それにそんなことも誤魔化されてしまっていて……ねえ、今はいないの？　此処《ここ》にいないの？」

急に猫なで声になった母にユージは明らかに怯《おび》えていた。

「わかんない……いない……と、思う」

「あら、そう」

芙美は残ったチキンを摑むと乱暴に口にほおばり、口を大きく開けたまま噛《か》み始めた。ぐっちゃぐっちゃと肉の破片が飛び散り、口の端に付着した。涎《よだれ》が顎《あご》を伝わった。

ユージが怯えた顔で母を見つめている。

「おい！　いい加減にしろ」

「ひもち」

「あ？　なに？」

芙美は魚のように表情のない目を私に向けた。

「わたしのきもち。これがいまのわたしのきもち。ぐっちゃぐちゃ」

そう言い終えるとまた足にかぶりつき、肉を引きちぎった。唇が横殴りにズレていた。すると脂でべたべたの手で髪を搔《か》き混ぜた。長い長い間、ずっと搔き混ぜ、やがてフーッと溜息《ためいき》を漏らした。口のなかの肉は減っていたが、大口を開けて噛むのは止めない。

「うらやましいわねえ、ユージぃ。死んだってさ、真っ黒だって、お兄ちゃんが会いに来てくれてるんだもの。うらやましいわ。得よ」

それだけ呟《つぶや》き、芙美は無言で咀嚼《そしゃく》を続けた。

ローソクを吹き消すためにと照明を落とした室内で、くちゃくちゃと飲み下す音と芙美の影が揺れていた。

「おえっ」

緊張に耐えられなくなったのか悲しげに母の様子を窺《うかが》っていたユージが突然、身を苦しそうに折って、えずき始めた。

「おえっ」

ユージを見た芙美はえずきを真似、そのままケーキに手を伸ばすと直《じか》に指を突っ込んだ。

「おえっ」

芙美はもう一度、ユージに向かって鳴くと口に摑み取ったケーキを押し込んだ。

「いい加減にしろ」

私は立ち上がると呆然《ぼうぜん》としているユージの手を取り、子ども部屋へ連れて行った。ドアを閉める瞬間、顔を覆ったユージがベッドに身を投げ出すのが見えた。

台所に戻ると芙美は全裸で椅子に座っていた。

椅子の足下に下着や服が蛇の抜け殻のように脱ぎ捨てられていた。

「なにしてるんだ」

私の問いに芙美はゆっくり振り向き「洗うのよ」と呟いた。

彼女はすっと立ち上がり、そのまま風呂場《ふろば》に行った。暫《しばら》くするとシャワーを使う音が始まったので、私はテーブルの上の物を流しに運び、ディスポーザーに生ゴミを入れ、食器を食洗機にしまった。

ローストチキンはまだ大分残っていたが皮の表面に人の爪の跡が【＋】【＝】【＋】【＝】とやけにたくさん刻み込んであるので捨てることにした。骨はディスポーザーの刃で大きな音を二度ほどたてると静かに飲み込まれていった。

芙美の服を拾い、脱衣所に運ぶ。洗濯機に入れる物と入れない物、区別の付かない物を分けていると白い湯気が鼻先で踊った。

風呂の戸が薄く開けられ、隙間から芙美がこちらを覗《のぞ》き込んでいた。

「ねえ……同じ体積の蠟で長さの違う太い蠟燭と細い蠟燭を作るじゃない。どっちのほうが価値があるのかしら」

　突然の質問に答えに窮した。

「どうしてそんなことを訊《き》くんだ」

「莫迦《ばか》ねえあなた。わたし達には、今のわたし達には、それ以外なにひとつとして考えるべきことは存在しないじゃない。細長い蠟燭と太くて短い蠟燭。どちらが価値があるの……」

「用途によって違うだろう。それは」

「あなたは細長い蠟燭が必要な人なのね。用途は何なの」

シルエットになった芙美の軀《からだ》から湯気が上がっていた。

「風邪引くぞ」

「うるせえ。あ、ごめんなさい、失礼しました」

芙美は頭を下げた。

「今日は疲れた。もうゆっくり過ごそう」

「ユージは細長い蠟燭だったのね。あなたはだからそれを選んだ。でもね、魂の量はユーイチもユージも同じ」

「何を言ってるんだ」

「ひとでなし」

「なに」

「なに？」

「いま、なんと言った」

「何も言ってないわ。あなたもあのローソク坊やと同じ幻聴でも聞いたんじゃない。仲の良いこと」

「とにかく裸で話すようなことじゃないよ」

「裸で話し合いができなくなったら愛も終わりね」

「くだらないことばかり言うな」

私はその日からリビングのソファで寝るようになった。

芙美は寝室に入り、私達は別々に過ごした。


ユージはその日から灯《あか》りが消えたように元気がなくなり、食欲もなく、時折、夜中に悲鳴をあげる以外、ぼんやりと部屋で過ごすようになった。

私は昼飯の時間を使って会社の近くにある有名な神社へ行くとお札を貰《もら》ってきた。

私は子ども部屋に入るとユージを呼んだ。

「パパがお札を買ってきた。これを貼ろう。玄関に貼れば、怖いものは来なくなる」

「ほんとう？」ユージがベッドから身を起こし、目を輝かせた。

「本当だとも」

私は白い紙からお守りを出すとユージに手渡した。

「これも持ってなさい」

私が玄関に札を貼り付けていると夕食を整えたばかりの芙美がやってきた。

「なにそれ」

「お札だ」

すると芙美は手を伸ばしてそれを引き剝《は》がしてしまった。

「何をするんだ」

「あなたこそ何をしてるの。こんなものを貼るなんて気でも違ったの」

「子どもが怯えているからだ。見ろ、こんなに瘦《や》せてしまったじゃないか」

「怯えることはないのよ。兄なんだから。兄が家に帰ってきている。それがなぜ、恐ろしかったり邪魔なの」

「幽霊だからだよ！」

すると芙美はけろけろと笑い声をたてた。

「莫迦ねえ。何が問題なのよ。わたしは何でも良いわ。帰ってくれば」

「パパ、黒いんだよ。真っ黒なんだよ。怒ってるんだよ」

「それはあんたが生きてるからよ」

するとユージは顔をハッとさせて、部屋に駆け込んでしまった。

「なんてことを言うんだ」

「良いのよ。あの子は努力が足りないわ。自分の命が兄と引き替えられたということがわかっていないのよ」

「そんな罪悪感を植え付けてなにになる」

「立派になるわよ。自分ひとりの命じゃないんだ。大切に真剣に生きようと思うでしょう。こんな風に兄を化け物扱いにしてたら、そんな意識が育つはずもないわ。狂ってるわよ、あなたたちは。甘甘《あまあま》地獄のなかでのうのうと生きすぎなのよ」

「あの子には何の罪もない」

「人間なんて産まれたこと自体が罪よ。人や地球に迷惑を掛けなければ一ミリだって生きられない」

「そんな議論じゃないだろう、今は！」

私は怒鳴った。

「じゃあ……聞くわよ。なんでユーイチを助けるのを途中で止めたの」

「莫迦なことを言うな。おまえはユージが助かったことが不満なのか」

「そんなこと言ってないわ、ひとでなし。ただ、わたしなら順番にしたわ、ひとでなし。偶然とはいえ、順番に手をかけた子から救ったでしょうね。母だし、親だし、人だもの。あんなところで選択なんてできない。それは人間のすることじゃないわ、ひとでなし」

「俺だってふたりとも助けたかったさ」

「ぼくちんだってふたりともたすけたかったでちゅかぁ」

「ふざけるな！」

「それはわたしの台詞《せりふ》よ、ひとでなし。あの時にそう叫びたかった、ひとでなし。あんたが一旦《いったん》、ユーイチに掛けた手を外してユージに取りかかったときにね、ひとでなし野郎」

「奴は半年の命だったんだ！」

私の言葉に芙美は一歩下がった。

「ユーイチは足も悪い、命も半年だ。あの刹那《せつな》、俺が五体満足で未来もあるユージを選択したからといって誰に責める権利があるっていうんだ」

「だからあの子は生きたまま罪人の様に生焼けにされても仕方ないっていうのね。わたしが、お腹の中で十ヶ月以上も守っていたのは、ある日突然、莫迦な亭主の運転で莫迦な男のトレーラーにオカマを掘られて生きながら焼かれる為だったけど諦《あきら》めろというわけね」

「半年なんだよ！　生きていても半年なんだ！」

「怒鳴らなくてもわかるわよ、ひとでなし。六ヶ月、一年の半分でしょ。莫迦みたい。ひとでなし」

「他にどんな選択があるんだ！」

「わたしはあなたが焼け死ねば良かったと思ってるわ、悪いけど。そのほうが生命保険も下りて、ずっと前向きに生きられた。半年ほどであの子が死んだとしても、その間をプレゼントしてくれたあなたに感謝するでしょうし。今よりはマシよ、ひとでなし」

「なんてことを」

「わたしはたぶん、頭が狂ってしまっているの。目の前で子どもが焼け死ぬのを見たんだもの。狂ってなけりゃ、まともじゃないわ。だから言うの、これはね、狂った女が言っている台詞なの。でもね、とても正直な言葉でもあるのよ、ありがたく思いなさい、ひとでなし」

反論しかけたところで、チャイムが鳴った。

「はい」芙美が応答すると男の声が聞こえた。

ドアチェーンをしたまま開けると年配の男が手帳を見せ、顔写真入りの証明書を見せた。

刑事だった。

「お取り込みでしたか……」

「いえ」

芙美は私の背後に下がり、彼らを見守った。

刑事はふたり。ドラマのように年配の者と年若のコンビだった。

「実はちょっとお訊《たず》ねしたいことがあります」

年配の刑事はそう前置きし、ユーイチの掛かり付けだった野見医師の件なのですと告げた。

「こちらのお子さんも彼の担当だったと聞きました」

「はい」

「実は別の親御さんからの訴えで野見医師が深刻な状態にあったことが判明いたしまして」

「はあ」

「脳腫瘍《のうしゅよう》だったのです。現在、手術が可能か否かは御同僚の判断となっておりますが、いくつか深刻な前駆症状があったので、その裏付け調査をしているのです。お子さん、ユーイチさんですね」

「はい」

「確定診断をされましたか？　例えば著しい癌であるとか余命が云々《うんぬん》と言った」

「はい。野見医師は私どもの息子が余命半年の癌であると宣告されました」

「嘘なんです」

芙美が背後で息を飲むのが感じられた。

私は足下が揺れるように感じられ、壁に手を突いた。

「野見医師は他にもこうした虚偽診断を乱発されていましてね。それで不審に思われた親御さんがセカンドオピニオンとして他の診療所で診察を受けた結果、それが虚偽だということが判明したのです。病院側では現在、彼の虚偽診断の被害者のかたの洗い出しを行っておりまして……」その刑事はメモを繰った。「えっと、おたくのユーイチ君はCTを撮られておりますな。この資料を他の医師が確認したところ、カルテに記載されているような小児癌などの疑いは皆無とのことでした。また足に関しても自立歩行できる可能性が……」

そこから先はあまり耳に入っては来なかった。

刑事は後に病院側を被害者家族で集団提訴する動きがあるかもしれないと告げ、出て行った。

提訴しても本人の行為が病気によるものであれば不起訴になってしまうのではないかと私は考え振り向いた。

芙美はいなかった。

リビングに行くと芙美はソファに大の字になったまま天井を見上げていた。

傍には私が買ってきたお札が、びりびりになって引きちぎられていた。

頰には涙が張り付き、後から後から湧いていた。

が、その顔は何も見ていず、何も聞いてはいないようだった。

私も風呂《ふろ》に入った。

何も考えたくなかった。

気がつくと湯が水に変わっており、四時間も入っていた。

その夜、我が家は死人の家だった。

ユージは自室から出ることもなく、私はソファで横になったまま朝を迎えた。風呂を出ると芙美は寝室に消えていた。

食事も音楽もテレビもなく。

ただ千切られたお札だけが時折、何かの加減で、こすこすと音を立てて揺れていた。


芙美がユーイチの件で激昂《げきこう》してくることはなくなった。

あれから芙美は姿を消した。

心配はしたが毎日メールと電話は掛かってきていた。

必ず帰るから、大丈夫だから心配しないでとのことだった。

三百万の定期が崩されていたのを知った。

「ひと月したら帰る」

芙美はそう言った。

私とユージは母のいない日を過ごし、それはそれなりに過ぎた。

ある日、帰宅するとマンションの入口にユージが居た。

どうした？　と声を掛けると「部屋に入れない」と震えていた。

妻が不在なので会社に都合を付けて帰らせて貰《もら》っていた私だったが、それでも時刻は七時になろうとしていた。

「なんで入れないんだ」

「お兄ちゃんが居る」

私はユージの顔を覗《のぞ》き込んだ。

ふざけている顔ではないし、そんなことをふざけていう子ではなかった。

私は同じマンションの友だちの家で待っているようにと告げると部屋に向かった。

鍵《かぎ》は開いていた。

室内は真っ暗で音がなかった。

廊下を手探りで進み、台所の照明を点《つ》けたとき、隣接するリビングのソファに何かあるのに気づいた。

照明を点けた私は喉《のど》がぐぅっと鳴るのを聞いた。

黒い塊が横たわっていた。

しかし、それはただ黒いだけではなかった。

皮膚のあちらこちらが剝《む》け爛《ただ》れ、中の赤い肉を晒《さら》し、ヒビ割らせていた。

今にも焼け崩れていく人間の姿だった。
それはあのときのユーイチにそっくりでもあり、別でもあった。
ユーイチにしては大きすぎる。
しかも、胸のあたりが隆起していた。
芙美は全身に〈焼け爛れた刺青《いれずみ》〉をしていた。
「芙美……」
私が声を掛けると彼女はこちらを振り向き、口を開いた。
そこには舌がなかった。
黒い穴だけが開いていた。

私はユージを呼び入れると時間を掛けて母親に起きたことを説明した。
勿論《もちろん》、一度で理解する必要はないのだということも付け加えた。
芙美はなにもせず日がな一日、ソファで死んでいる。
私は死ななければそれで良いと、そうっとしておくことにした。
取り敢《あ》えずは。
あまり考えて行動してはならないのだ。

決して考えず、いまはそうした芙美を彼女の気の済むまで放っておきたいと思う。
時折、芙美は静かに涙を流す。
今はそれがとても美しいものに思えて仕方がない。

# 或るろくでなしの死

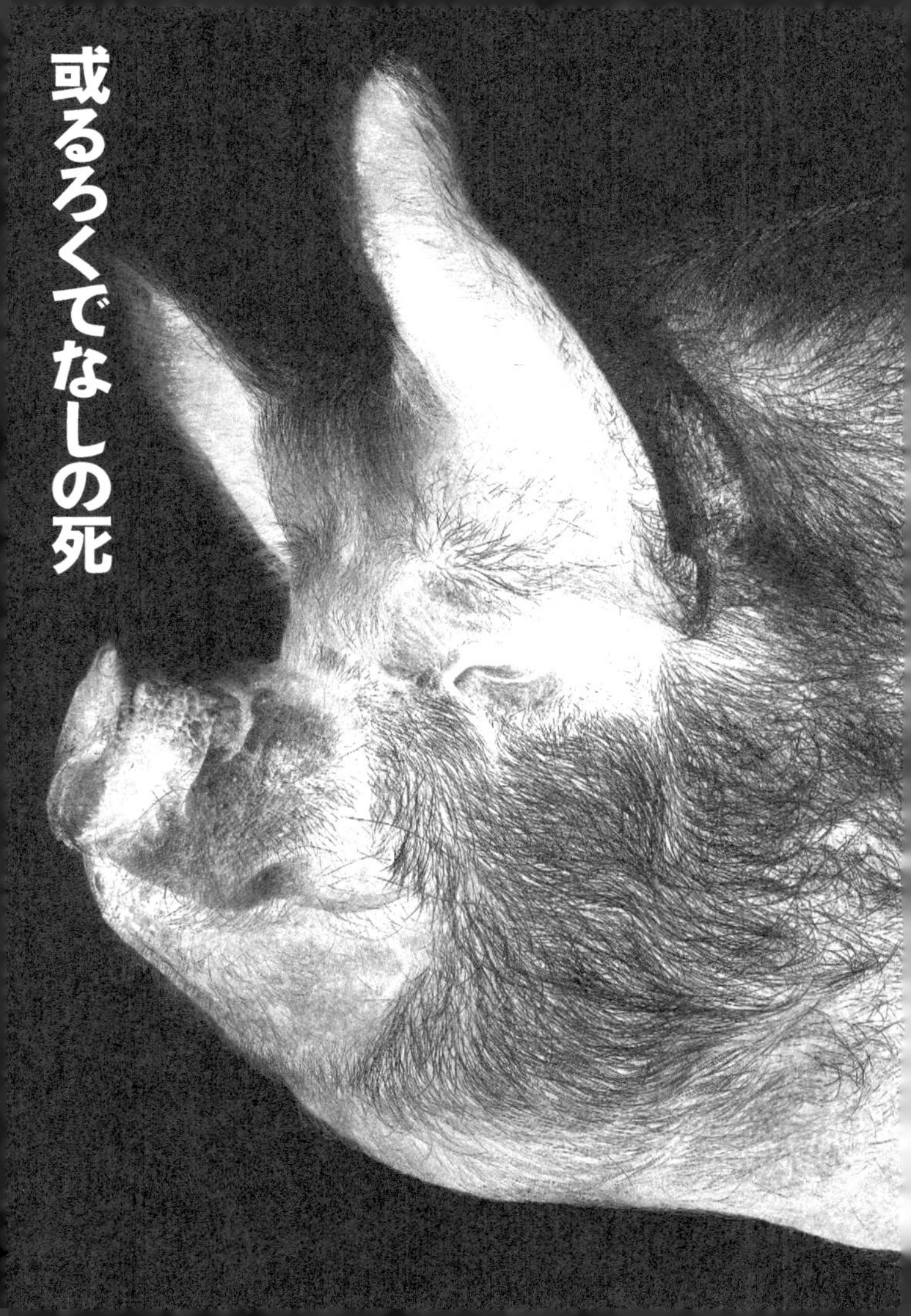

# 1

『ねえ、仕事は済んだの？』

「ああ」

『なぜ帰って来ないの』

デデの声はざらついていて、俺の背中をチリチリさせた。彼女は、また新しいホルモン剤でも試しているに違いない。最近は副作用と更年期のせいか、このニューハーフは苛《いら》つきを我慢しない。

「少しゆっくりしようと思ってな」

『始末したんでしょ』

「ああ」

『だったら顔見せなよ』

「今週一杯はふらふらするよ」

『莫迦《ばか》なの？　死ぬの？』

舌打ちをし、デデは携帯を切った。

奴が苛つくのも無理はないほど、やたらに取り柄のない町だった。どこでも手に入るものしかなく、つまらないもので溢《あふ》れている。まともな頭じゃ、なんで住んでいるのか、なんで生きているのかも、わからなくなるような町だった。

おとつい、俺が殺した男は中古車屋を適当にやりながらヤクの売人と闇金でしこたま稼いでいる奴だった。六十を越えたジジイで醜く太り、日に何回か自分でインターフェロンだかインシュリンだかを蒸《ふ》かしたての饅頭《まんじゅう》のような腹に打っていた。チンポも役に立たないはずなのにやたらと若い女を買い漁《あさ》っては泣かせてもいた。俺が手を出さなくても早晩、殺される類《たぐい》の人間。売女《ばいた》を泣かせる手合《てあ》いにろくな奴はいない。銭は貯め方を間違えると一緒に恨みも溜《た》める。恨みが一旦《いったん》、満期払い戻しになれば、後は待ったなしなのだ。

二週間ほど行動調査するとジジイの生活の〈穴〉は予想に反して昼間に生じていた。ジジイは昼食の後、仮眠と称して一時間ほど事務所の奥に引っ込むのだが、この時、裏口から出ると塀と家の隙間に潜り込んで隣接するアパートの便所を覗《のぞ》くことがわかった。狭っ苦しいブロック塀の合間に身をねじ込みながら、塀の向こうの共同便所に女が入るのを眺めるのだ。俺が狙った時もジジイは気づく様子もなく、ブロックの穴から女の尻《しり》に食い入っていた。不思議なことに女はドアを閉めずに用を足していた。俺はジジイの項《うなじ》に針を撃ち込んだ。瞬時に薬物がジジイの脳髄を直撃し、奴は逝った。俺は〈銃〉を分解し、釣り竿《ざお》ケースにしまうとマンションの階段を下りた。厭《いや》な予感がしたのは、その時だった。

——視線を感じたのだ。

咄嗟《とっさ》に確認したが相手は気配を消していた。俺は探すのを諦《あきら》め、場を離れることを優先させた。ホテルに戻り、シャワーを浴び、仮眠した。夕方になってニュースを見たが、事件のことは報道されていなかった。俺は考え、その町に残ることにした。少なくとも当分の間、相手が警察や誰かに話す気がないのだと俺が安心できるまでいることにした。人は案外、警察にチクッたりしないものだ。理由は様々にあろうが、単に事情聴取やらなんやらに時間を割かれるのを鬱陶《うっとう》しいと感じるのもいれば、渦中に投げ込まれ容疑者のように扱われかねないのを厭《いと》うというのもある。ドラマなんかではすぐ電話に取りつく目撃者の姿なんてのをやっているが、実際、そういうのはあまり多くない。但し、いつでも例外やヒーローに成りたがる人間はいる。それを見極めるまでは現場に留《とど》まるつもりだった。相手は俺を見れば必ず反応をする。そしてその時こそ、今度は俺が奴を見る番になるのだ。

翌日、ビジホのフロントで支払いを済ませると俺は同じ時刻を見計らって現場周辺に向かった。ジジイの中古車屋は営業を続けていたが、当然のことながらジジイの姿はなく、代わりに場末のホストを煮崩したような男が誰も来ない事務所の奥で鼻毛を抜いているのが見えた。俺は公園を何カ所か回ってボロい服をゴミ箱や繁みの奥から拾い、着ていた。帽子と靴は新品だったが、そうは見えないように泥を擦《なす》っておいた。完璧なカモフラージュとは言い難いが、かといって素顔を晒《さら》す莫迦はしたくない。

あのアパートの前の路地では子供がゴム跳びをしていた。俺はその脇を通り抜け、路地の出口で、ふと振り返った。その時、また厭な予感がした。俺は咄嗟に目を凝らしたが、こちらを見つめている者の姿はない。しかし、放火魔同様、素人はたびたび現場に戻ってくるものだ。

俺は考えをまとめるため公園のベンチで横になることにした。

相手はなぜ姿を見せないのか、俺はその時ふと、ある男の話を思い出した。そいつは仕事の後、何者かが自分をつけていると感じた。彼は何度、警戒しても相手の姿が杳《よう》として知れず、徐々に疲弊していくのだが、遂《つい》に相手を発見する。それは猫だった。

事実かどうかは知らぬ、デデが呟《つぶや》いただけの話だから。デデは『猫と人の区別もつかなくなっちゃ、おしまいね』と付け足した。

顔の上に帽子を載せるとなかは埃《ほこり》が焦げたような懐かしい臭いがした。耳にあたる風が心地よい。子供の遊ぶ声。まとまりのない言葉の欠片《かけら》をぼんやり聞き流していると、やがて同じトーンでくり返されている音があった。〈ねえ〉とそれは云い、他の音と違ってすぐ側《そば》でしていた。

「ねえ」何度目の〈ねえ〉なのか知らないが、俺は帽子をズラして外を窺《うかが》った。膝《ひざ》を軽く蹴《け》られたからだ。

女の小さいのが目の前に立っていた。

「ねえ」それはやや突っ慳貪《けんどん》にくり返した。

俺は空の眩《まぶ》しさに顔を顰《しか》めながら、そいつを見上げた。

「あんた、俺に云ってるの？」

「そうだよ」

「なんで？」

「起きなよ。寝た奴と話すのは病人みたい。縁起悪い」

妙に落ち着き払った口調なので、俺は最初そいつが侏儒《こびと》なのかと思った。

「いろいろ云う奴だな」俺は躰《からだ》を起こした。

そいつは手に熊のぬいぐるみだったものを摑《つか》んでいた。片目がなく、摑まれた腕の脇から綿屑《わたくず》がゲロを吐いたみたいに出ている。

「あんた、ハムスター買いなさいよ」そいつはふくれっ面をした。「あたしに」

俺はそいつの顔を暫《しばら》く眺めた。

「いや、どうしたんだろう。耳がおかしくなったのかな。見ず知らずの餓鬼に何か云いつけられてるような気がする」

「耳はまともよ。早くなさいな」

「良い陽気だけれど、アホタレがでるほどだったか……」俺は空を見上げた。相変わらず晴れていた。「君、おかあさんはどこ?」

「人殺しは、正しい人間の云うことを聞くものよ」

揉《も》み上げの辺りに静電気が走った。俺は周囲を窺い、そいつの顔色を窺った。一番近くにいる主婦でも砂場の反対側で自分の子供に話しかけている、会話が届いた素振りはない、一方そいつはまっすぐに俺を睨《にら》みつけている。怖がる様子もなく、誰かに命令されてるようにも見えなかった。

「しってるんだから」

そいつはブシュッと唇を突き出すと自分の項《うなじ》を人差し指で突いた。

あの厭感の正体は、この娘だった。そう云えば、路地でゴム跳びをしているなかに混じっていたような気がする。

俺は立ち上がった。

「いくらする」

「買えばわかるわよ」

そいつは俺の前をすたすたと歩き始めた。

2

ペットショップは店頭に魚の入った大きな瀬戸物の鉢を並べ、鳥籠《とりかご》をぶら下げていた。なかに入ると動物の餌と体臭の入り交じったものが鼻を打った。

娘はレジの脇に並べられた金網を何度も覗《のぞ》き込み、なにやら店主に話しかけていた。鼠色のネルシャツに前掛けをした禿《は》げた店主が娘の問いに、いちいち頷《うなず》き、あれやこれやと毛の生えた財布のようなものを籠から取っ替え引っ替えしては娘に見せたり、手に載せていた。

俺はあまり奥まで行かず、戸口の辺りから眺めていた。

奇妙と云うにはあまりにもおかしな娘だった。少なくともまともじゃない。前言を撤回するようだが、あれは大人の話。まともな餓鬼なら人が殺されるのを見たらまず警察や親に云うだろうし、子供ならもっと怖がるはずだ。それがのこのこ現場近くでゴム跳びをし、現れた人殺しを追ってハムスターをねだるなんてのは聞いたことがない。子供ならではの無邪気だとか、考えのなさというのとは次元の違うものを感じる。ナニでないのなら、どこかが壊れているに違いなかった。

「これ」娘が俺の前に小箱を差し出した。少量の藁《わら》の上で鼠の仲間が二匹、向日葵《ひまわり》の種を骨のような手で摑んで忙《せわ》しげに齧《かじ》っていた。

「ほんとはこう見えても気性が激しいんで一匹ずつケージを別にして飼うのが良いんですけどね、お嬢さんが二匹で良いと云うから……」

娘の後ろから老人が少し困ったような声を出した。

俺は財布から金を出し、娘に渡した。

「来て」老人に金を渡した娘は先を歩き出した。

店のある寂しい商店街を抜けると町工場の詰まった一角に出た。昼間だというのにひっそりしているのは、ここも他同様、不景気なのに違いない。娘は裏手に回るとゴミ集積場の隅に扁平《へんぺい》な石を見つけ、その上に腰掛けた。俺は少し離れたところに座った。こうしたほうが人目につきにくい。娘は箱のなかからハムスターを一匹取りだすと、さっそく手の上に載せたり、地面に置いたりして遊び始めた。

「そろそろ帰っていいかな」

「あんた、昨日と服がずいぶん違うね。最初、ちょっとわかんなかった」

「それは苦労した甲斐《かい》があった。あれは町歩き用だ。堅気の営業マンに見えるだろ」

娘は掌《てのひら》に載せた鼠の親戚《しんせき》を撫《な》でている。

「おじさん、ハムスターって飼ったことある」

俺は娘が俺を見返すまで、すぐに返事をしなかった。

やがて、奴はそうした。

「なにか要求するつもりだったり、警察や大人と引き合わせるつもりなら、そろそろ教えろ」

「そんなこと厭《いや》よ。また誰か死ぬでしょう」

「だろうな」

娘は箱のなかに入っていた向日葵《ひまわり》の種をハムスターに摑ませた。

「あのジジイは死んで良かったのよ。変態だもの。いっつも、おかあさんを覗いたりしてさ。厭ンなっちゃう」

「あれは、おふくろさんだったのか」

「あたし、前に文句云ったンだけど、知らない知らないって逃げられたから、今度は覗いてるところを見つけて文句云ってやろうと思ってたの。そしたら、ジジイのあとをつけてるあんたがいて……。案外、間抜けなのね」

「神様じゃないんでね。人は過《あやま》つ者なのさ」

俺は肩を竦《すく》めた。正直、餓鬼に気取《けど》られたのは初めてだった。

「ハムスターって、胡瓜《きゅうり》やトマトを上げると死んじゃうんだよ。お腹が弱いから」

「ああ、そう。今度、用意しておこう」

奴は俺を睨みつけ、ハムスターに頬をくっつけたり、キスしたりした後、地面にハムスターをクイッと押しつけ、石を拾い、頭を打ち砕いてしまった。小さな生き物は声も上げず石の裏にちょんぼり血の痕《あと》を付けただけで逝ってしまった。

娘は死骸《しがい》を傍らのドラム缶の中に、ぽっと放ると、また二匹目を取り出し、撫で回し、可愛がり、一匹目と同じ石で潰《つぶ》した。

「可哀想じゃないか。第一、勿体《もったい》ない」

「仕方ないのよ」

俺は首を振ると立ち上がった。

「ねえ、またハムスター買ってよ」

娘もスカートの埃《ほこり》を払い、立ち上がった。

「買うのはいいが、おまえ、やっぱり頭がおかしいみたいだな」

「なんていうの？」

「なにが」

「名前。おじさんの。呼ぶのに不便ジャン」

「なんでもいい、勝手につけろ」

「じゃあ、ヨミ。あたしはサキ」

気のせいか娘の目は真っ赤になっていた。


それからサキは更に、二匹のハムスターを買うと、みな人気《ひとけ》のない場所で殺してしまった。撫でてから。そして、やはり、ちょっと泣いてもいた。

「なあ、最近そういうのが流行《はや》ってるのか？」

「なにが」

サキは〈ズーデニ〉のパフェグラスに長スプーンを突っ込んで掻《か》き混ぜていた。奴が入りたいと云ったのだ。俺はウェイトレスに格好をしげしげと眺められそうで気が退《ひ》けた、で、入れば実際にそのとおりだった。

「買っちゃあ殺し。買っちゃあ殺しさのこと。おまえらにとってはああいうのもテレビゲームと同じなんだろうが……」

俺はコーヒーのカップに口を付けた。焼き殺された豆の味がした。

するとサキは俺を見つめ、首を振るとパフェに戻った——まだ三分の二ほど残っている。

「莫迦《ばか》じゃないの」

「なにが」

「いいから明日《あした》も買ってよ。明後日《あさって》も」

「生き物を殺したいのなら、もっと良い方法があるぜ」

「なによ」

「狩りだ。山でも川でも。釣りだって、狩りといえば狩りのようなものだ。あれをやれよ、しかも晩飯のおかずにもなる」

「そんなのダメ」

「なんで」

「可哀想じゃないジャン。可哀想でなけりゃダメだもん」

「わからんな」

「わかんなくて良いよ。人殺しなんかに」

俺はそっと周囲を見回したが、辺りに客はいなかった。俺の形《なり》を見たウェイトレスが隅っこに座らせたのが幸いした。

「ところで……おまえ、俺が怖くないのか」

するとサキは、かっぽじっているスプーンを休めた。

「わかんない。怖い気もするけれど……今はそうでもない。おしゃべりしてるからかな」

「俺が明日、消えていたらどうするつもりだ」

「そしたら警察に云いふらすもん」

「あまり有り難くないな」

「とにかく明日もあの公園にいてよね」

ファミレスを出て別れると俺はサキをつけた。サキは言葉どおり、覗《のぞ》かれ女のアパートに入っていった。俺はこういう仕事をしているせいか、常々《つねづね》どうでも良い偶然にぶち当たることが多い。例えば、たまたま入った飲み屋に殺す相手が入ってきたり、駅の便所で俺が小便を終えるのを後ろで待ってたり、映画館で並んで観ていたなんてこともある。神ってのが本当に世界一の役立たずで、怠け者で、皮肉屋だと俺が信じる所以《ゆえん》はそこにある。まあ、それは今度、別の機会にじっくり話すが……。つまり、サキは母親の覗きを止めさせようとしているうちに殺しを目撃し、俺に接近し、ゆすり、買ってやった生き物を叩《たた》き潰し、〈ズーデニ〉でパフェを奢《おご》らせて帰ったわけだ――妙ちきりんだが大した餓鬼だ。なんだか疲れた俺はホテルに戻るとユニットバスにお湯を張り、なかに躰《からだ》を浸《つ》けながらオリーブの瓶詰めをつまみに赤ワインを一本飲み干してしまった。

3

「これ、どう？」

サキは掌《てのひら》にまたぞろハムスターを載せて俺に見せた。

「どうでも」

「なによ、それ」

「そのベイビーちゃんはね。うちのなかでも、一番元気なハムちゃんなのよ」

髪を団子にして頭の上に載っけた婆さんが相好を崩していた。今日の店はサキの希望で電車に乗って三つほど離れた駅で降りた町にあった。

「病気にかかり難《にく》いから、長生きしますよ、おとうさん」

婆さんは俺にそう話しかけ、俺は曖昧《あいまい》に「はあ」と屁《へ》のような返事をした。

「うちはゴールデンのハムちゃんからドワーフのハムちゃんまで、いろんなハムちゃんがいるでしょう。普通はドワーフのキャンベルなんかは、あんまり人になれないんだけれど、うちのベイビーちゃんはあたしがひとりひとり大切に大切に育ててるから、絶対に噛《か》んだりしないんです。もう十年もお店を開いているけれど、一度もうちの子が噛んだなんて苦情は受けたことがないのよ」

「その前に死ぬのかもな」

「まあ」婆さんは俺の台詞《せりふ》に目を丸くした。

サキは婆さんの説明を聞いているのかいないのか、とにかく手の中にいるフワフワしたものに頬を寄せ、目を閉じていた。

俺は目玉が他のと違って血のように赤いハムが気に入った。

「こっちにしたらどうだ？」

「ううん。この子で良い」

サキは相変わらず黒い目玉のモサモサしたのを手にしている。

「じゃあ、俺が貰《もら》おう」

サキが怪訝《けげん》な顔をしたが、無視して俺は婆さんにサキの二匹と俺の一匹をそれぞれ別の箱に詰めさせた。

「どうすんのよ、それ」店を出ながらサキが訊《き》いてきた。

「さあ……飼うのさ」

「飼う？　あんたが？　そんなことできるの？」

「できるだろう。あんな婆さんがやってるんだ。それより交換しろよ。やっぱりそっちのほうが可愛い」

「やだよ」

「どうせすぐに死んじまうんだ。こっちで良いだろ？」

サキは見知らぬ土地のはずなのに、とっとと先に歩いて行き、なんとなく人気《ひとけ》のない場所を探し出した。そこは廃墟《はいきょ》になった元病院だった。

「おまえ、こういうところを見つけるのが得意だな」

「なんとなく臭いがするんだよ。こっちのほうへ行けばあるような気がする。それで歩いて行くと見つかるんだ」

「ふーん」

俺たちは通りから人目に付かないように建物の裏手に回った。裏は崖《がけ》を補強した防護壁になっており、廃墟らしく湿気《しけ》って饐《す》えた臭いが立ちこめていた。辺りには雑誌やレジ袋、ペットボトル、それに靴下やトランクスの類《たぐい》が泥にまみれて残っていた。

俺は自分の箱を手にするとサキから離れ、なるべく汚れていない場所を見つけて腰を下ろした。昨日と違って今日はスーツ姿なのだ。サキとふらふらするのに、いつまでも浮浪者然としていては通報されないとも限らないからだ。この格好なら知育教材の営業だのなんのと言い訳がしやすい。

その日、サキはなかなかハムを殺さなかった。家から持ってきたらしい向日葵《ひまわり》の種を少しずつ与えては時間を掛けて触っていた。俺は自分の箱のなかの赤目を眺めていたが、あまり可愛いとは思えなかった。白い毛に囲まれた顔の両脇に赤いビーズのような目玉がくっついていて生き物というよりは小さな機械のようだった。

俺は二度、腕時計を確認し、小一時間が経過しているのを知った。サキは相変わらずハムと遊んでいた。

「なあ、今日は殺すのはよしたらどうなんだ？　別に毎日やらなくちゃなんないことでもないだろう。おとなしく家に持って帰ったらどうだ？」

するとサキは顔を上げ、手にしていた一匹を思い切り壁に叩き付けてしまった。それは鳴きもせず地面に落ちると動かなくなった。ただ全体が突然、色褪《いろあ》せたようになった。サキは足で何度も踏み付け、毛だらけのオムツのようにしてしまうと、睨《にら》みつけていた。肩が震え、両脇に垂らした手の先が拳固《げんこ》になっていた。

「よしよし。もう気も晴れただろう。一匹は持って帰れ」

俺はサキの脇に立ち、奴が踏み潰《つぶ》したものを足で向こうへ蹴《け》やるともう一匹入っている箱を差し出した。するとサキは俺の手を殴りつけ、箱を叩き落とすとその上から踏み付けた。俺は黙ってそれを見ていたが、サキは箱がぺしゃんこになってもまだ踏み続け、ようやく終わると俺に顔を向けた。

——泣いていた。

「それも貸せ！」

サキはそう怒鳴ると俺の箱を引っ摑《つか》もうとした。俺はすんでのところで箱を上に持ち上げた。

「ダメだ。これは俺のだ」

「関係ない！　貸せ！　貸せよ！」

「ダメだ」

「なんでだよお」サキは完全に泣きっ面の、泣き声だった。

そして俺の箱が取れないとわかるとサキは顔を覆ってしゃがみ込んだ。モスグリーンのぴったりした半ズボンから覗く膝《ひざ》小僧が赤くなっていた。

俺はサキの前に屈《かが》んだ。覆った指の隙間に顰《ひそ》めた眉《まゆ》があった。

「おまえ……どうしてこんなことするんだ――」

しゃくり上げていたサキが徐々に顔を見せた。

俺はハンカチを差し出した。するとペッと音がし、顔に唾《つば》がかかった。

「うるさい！　おまえがあれを寄越《よこ》さないなら別のを買うから！」

「無理だ。やめておけ。冗談じゃない」

俺はサキがこれを買えと指差したものを見て首を振った。奴はあろうことかドーベルマンを指差していた。俺たちは駅前にある大型のペットショップにいた。

「まだ子供だもん。大丈夫だよ」

「子供じゃない」

「ええ、まあ、でも子供は子供ですよ。まだ一歳ですから」

「莫迦《ばか》云え、犬は一年で大人になるだろう」

「ええ、まあそうですけれど……」リステリンをして間がない丸眼鏡の店員は売れ残りの成犬が手離れしそうなのでホクホク顔に揉《も》み手で説明していた。「この犬は父親がアメリカのドッグショーで優勝した馬で云うサラブレッドですから本当にお買い得ですよ。大きくなったら種犬としてブリーダーに貸すこともできます。ヨーロピアンタイプと違って正統派ですからね」

「おまえがやらなくても、どのみちドッグフードにされちまう。放っておけ」

「やだ」

「莫迦なことばかり云うな。二十万もするんだぞ。それにこんな犬は検査とか予防注射とか、いろいろしなくちゃならんから今日の今日で持ち帰るなんてことはできないんだ」

するとと丸眼鏡がすかさず割り込んできた。

「いえ、この子は予防注射など全て済んでますので後日登録ハガキのみを郵送戴《いただ》ければ結構。お持ち帰り可です、お父様。さらに今なら特別に三割引きで。勉強させて戴きますです、はい」丸眼鏡の揉み手が激しくなった、そのうちに煙が出るに違いない。

「おまえは間違っている。俺はオヤジじゃない」

「あ、それは相済みません」

「買ってよね。決めたから」

サキはそれだけ云うとプイと出口を目指した。

「おい！」

「絶対だからね。でないとここで……」入口で振り返ったサキは口に手を当てメガフォンの形にした。「みなさ～ん」

俺は首を振るとレジへ歩き、財布を出した。

「あ、ありがとうございます。ああ、助かった」

クレジットカードを受けとった丸眼鏡は二度、忙しく頭を下げた。

俺とサキは犬に首輪とリード（これはサキがサービスさせた）をつけると、そのまま外に出た。ドーベルマンは外が珍しくて仕方がない様子で右へ逸《そ》れたり、左へ逸れたりしてあちこち探偵のように嗅《か》ぎ回りながら進んだ。

「俺もたいていわけのわからん連中を相手にしてきたが、おまえほど訳のわからん奴もいないな」ドーベルマンの野郎は体高が既にサキの半分ほどは優にあった。リードが棒のように一直線になり、ぐいぐい俺の腕を引く。「こんなのは金を貰《もら》って引き取るぐらいが関の山のロートルだぜ。莫迦らしい」

「まだ子供よ。黙って歩きなさい」

俺はリードを持つのと反対の手で紙箱をぶら下げていた（勿論《もちろん》、なかには赤目のハムが入っている）ので鼻の頭に浮いた汗はスーツの袖《そで》で拭《ふ》かなけりゃならなかった。

俺たちは先程の廃墟へと戻った。ということは、サキはやる気だということだ。

「あ、こいつ！」

泥やら壁やらゴミやらに鼻先を突っ込んでいた犬が突然、ハム紙箱にじゃれつこうとした。ポンと俺の腰の辺りを突いた力は予想どおり強かった。

「よせ！　こいつは俺のものだ」

「みんな、あんたが持ってるのが忌々しいのよ」

「おまえ、どうにかしろ」俺はサキにリードを渡すと犬から離れた。それでも奴はリードの伸びる限り、俺に飛びかかろうと後ろ肢《あし》で立ち上がって、初めて〈ぎゃん〉と吠《ほ》えた。その声は金属的に響き渡り〈俺は大人だ〉と報《しら》せていた。リードを両手で摑んでいるサキの顔にみるみる緊張が走った。

俺は足元に箱を置いた。

「な。おまえには無理だ。そいつは毛の生えたコロッケとは違うぞ」

サキは返事をせず、リードを強く引いて自分に向かせ、ドーベルマンを睨みつけた。するとと彼女のなかにある感情を察したのか奴もサキに向かって唸《うな》り始めた。

「やめとけ、やめとけ。指でも齧《かじ》られりゃ、もってかれるぞ。アヤトリできなくなってもいいのか？　〈魔女のホウキ〉とか作れなくなるぞ」

俺は茶化し半分、真面目半分で云ってみたが、サキはドーベルマンを睨んだまま、ゆっくりと手を伸ばしていった。犬の奴は中途半端になったパンタグラフみたいに後ろ斜めに躰《からだ》を引いてサキを睨んでいる。手と犬の鼻面の距離が近づくにつれて低く始まった唸り声が大きくなってきた。ドーベルマンの黒くて薄い口の皮が幕のように引き上げられ、白い牙《きば》が剝《む》き出しになる。それにつれて細長い顔の上へさざ波のように皺《しわ》が寄せ集まった。気の弱い奴なら、とうの昔に手を引っ込めてしまう形相に犬ッコロはなっていた。

「おい、俺は医者まではついていかないからな。怪我したら自分で行けよ」

「うるさい！」

サキの指とドーベルマンの鼻先はバスケットボールからテニスボールの大きさにまで距離を縮めていた。唸りは止まず、今にも犬の顔が前後してパン切れのように彼女の指を嚙《か》み切っていくのが見えるような気がした。昔、ドーベルマンが寝かされた人間の性器を喰《く》い千切るのを見たが、奴らの牙は他の犬とは別注なんじゃないかと感心するぐらい切れ味が良かった。ロープで縛られ大股《また》開きになっていたのも幸いしてか男の性器はふた噛みほどで綺麗《きれい》に齧られ、後には丸い穴が残っているだけだった。まあ、その男は続いて二波三波と連続攻撃を喰らい、腸《はらわた》のあらかたを失ってしまったのだが、とにかく見事だった。

と、サキの指が犬の細長い鼻面に触れた。次の瞬間、ドーベルマンはひと声、吠えるとサキの前でごろりと横になって腹を見せた。

「おー、よしよし」サキもすかさずしゃがむと無毛に近いオリーブ色の腹の辺りをひらひらと小さな手で撫《な》で始めた。「この子、頭良いよ。誰が飼い主かもう判ってる」

「そうかい。そりゃ良かったな」

拍子抜けしたような俺の声にサキはまた睨《にら》みつけてきた。

「その面を見ると案外、おまえ達は良いコンビだという気がしてきたぜ。おとなしく飼ってやんな」

「ふん」サキは撫で続け、やがて立ち上がるとリードを持って壁の向こう側へドーベルマンと共に消えた。俺は溜息《ためいき》をつくと仕事用に貸し出された携帯をチェックした。

先程、同じく〈仕事用に貸し出された〉クレジットカードで買い物をしたのが知れたのだろう、デデから着信が二十件とメールが六通入っていた。俺は空メールを送信した。その時、何かがぶつかる音が一度だけした。

「大丈夫か？」

返事は無かった。俺はサキと犬が消えた向こう側の部屋へ向かった。「サキ、帰るぞ。犬連れでもOKなタクシ……」壁を越すと瓦礫《がれき》の上にサキが仰向《あおむ》けになっていた。喉《のど》の辺りが赤く濡《ぬ》れ、顔にも血が付いていた。「サキ」呼びかけると彼女は俺を向いた。「死んだのか？」

「莫迦……早く助けなさいよ」脇にリードが落ちていた。

「おまえ、ドーベルマンを殺《や》ろうとするのにリードから放したのか」

「でないと卑怯《ひきよう》じゃない」

「おまえには本当にたまげる。起きられるか」

「足に力が入らない」

「困った奴だ」俺はサキの躰の下に手を入れ、抱き上げかけた。

音がした。

白いものを口にしたドーベルマンが、ふらりと現れ、出口を塞《ふさ》いだ。

「あ、ハム」

サキが声を漏らすとドーベルマンは左右に激しく白い毛玉を振り回し、肢で押さえると口で引いて俺のハムを半分にしてしまった。

「やっぱり忌々しいのね。わかるわ」

「ああ、そういうことですか」

俺はサキを置くと犬の前に立った。

ドーベルマンは頭から出血し、先程までとは雰囲気が全く変わってしまっていた。俺はキンタマを平らげた犬の目と同じだと思った。

犬は吠えもしなかった、一瞬、唸っただけで矢のように俺の喉元へ急襲した。

俺は左腕を顔の前で構え、咬《か》ませることにした。狙いどおりドーベルマンは、そこに喰らいつくと猛烈に首を振った。俺は右手で奴の頸《くび》を摑《つか》んで固定すると、そのまま咬まれた左腕を犬に向かって思い切り突き出した。薄い皮の下で六角レンチがぐるりと動くような感じがするとドーベルマンは失禁したまま動かなくなった。床に落ちた奴は頸が自分の背中を舐《な》めるような形になって伸びていた。ワン公は逝った。奴が咬んだ袖には穴が開いていた。振り向くと仰向けのままのサキが初めて怯《おび》えたような表情を見せた。

「アルマーニがおじゃんだ……畜生!」

そう怒鳴ると、サキは頻《しき》りに顔を指で撫で出した。

——泣いていたのだ。

4

「狂ってる……あんたは完全に狂っちまったのよ。やっぱり立て続けの仕事がよくなかったのね」カウンターに肘《ひじ》を突いたデデが呆《あき》れて首を振る。スパンコールのついたネオンピンクのタイトドレスが暗い店内でも目を惹《ひ》いた。奴はデコレートした長い爪を器用に使ってオリーブを摘《つま》むと口に運び、マティーニのグラスを持ち上げた。顔は壁の棚に並んだ酒瓶に向いている。

「かもしれん。だが気になるものはしょうがない」

「パインは気を揉《も》んでるわ。そしてパインは気を揉むことが何よりも嫌いよ」

「わかってる」

「あんたがわかってるってことはパインも知ってる。だからこそ余計に腹が立つのよ。帰りなさいな。あたし車で来たの。通りに出て、ホテルに寄って、こんな味噌《みそ》ッ滓《かす》みたいなとこは引き上げて忘れてしまうのよ。南か温泉にでも行きなさいな」

「あんた、モデル？」

バーテンダーがグラスを拭《ふ》きながら割り込んできた。三十そこそこ、この辺りではハンサムとかイケメンとかで通っているのさというニヤニヤ笑いが顔に貼り付いている。奴は俺を見もしなかった。「なんか見たことあるよ。テレビとか出てる人？」

「いいえ……」デデはゆっくり首を振り、溜息をついた。「ろくでなしばかりね、ここは」

聞き損ねたらしいバーテンダーは「え」という顔をしたが、俺もデデも説明はしなかった。要は〈あっちで馬の小便でも作ってろ〉ということなのだが、それほど頭も勘も良い奴ではなかった。

「具合が悪いのか？」

デデは頻りに肩を揉んでいた。

「胸のシリコンバッグが冷えるのね。生理食塩水《セイシヨク》を片側に一リットルずつ入れてるでしょ。今日みたいに朝から寒いとダメなの。循環する血液が胸の辺りで冷えて首から肩が、がちがちになっちゃう」

「俺が揉んでやろうか」バーテンダーが云った。

するとデデは髪の中から鋭いピンを引き抜くと長い舌を出し、先端の辺りを貫いた。

「これで舐めたげようか？」舌を揺らすと顎《あご》を伝った血が一滴、真下にあったマティーニに落ちて広がった。

バーテンダーは犬の糞《くそ》を雲丹《うに》だと騙《だま》されて喰ったような顔になりカウンターの彼方《かなた》に引っ込んだ。たぶん、今夜、悪夢を見るに違いない。

「パインは、あんたの死んだ妹のことが原因だとか、うんたらかんたら云ってたけど……なにか関係があるの？」

「莫迦《ばか》な。そんなはずがあるか」俺は苦笑し、首を振った。

「でしょうね。あんたはそんな人間じゃないもんね」

「人間じゃない――殺し屋だ」

「どっちでもいいのよ、そんなこと。いずれ蛆虫《うじむし》じゃない。あんたもあたしも」

「パインもだ」

デデは男らしい太い溜息をつくと、こちらを振り向いた。バーテンダーはカウンターの端でグラスを撫《な》でて別の酔っぱらいと囁《ささや》き合っている。

「四十九人は記録だって。あんなスゲエ奴は見たことないってパインは云ってるのよ」

「嬉《うれ》しくはないね」

「だいたいは十五、六人を始末すると疲弊して莫迦みたいなミスで命を落とすか、自分で首を括《くく》ったり、駅のホームから電車の前に飛び込んだりするのに、あんたはその気配が微塵《みじん》も無いって。凄《すご》いって。あいつ、人の心なんか持ってないんだなって……そうやって褒めてたのよ。だから頑張ってよ。あとひとりで五十人じゃない。パインの歳と同じだわ」

俺は黙って右の掌《てのひら》を眺めていた。男らしくない柔らかでつるつるの皮がついていた。

「莫迦ねえ、汗かいてるじゃない。珍しいこと」デデはそう云うとバーテンダーにチェックを命じた。「気持ちいいドライブしましょ」

車はデデの台詞《せりふ》とは見当外れにごちゃごちゃした町中を進み、やがて見覚えのある一角で停まった。

「降りるのよ」

「冗談だろ」

「本気よ。降りなさいな」

車から出ると俺は中古車屋とその裏にあるはずの木造オンボロアパートを見上げた。

「あんたが、どんだけ何もできないか教えろって云われてんのよ」

デデは振り返りもせず中古車屋の隣にあるマンションへと入っていく。階段を二階へ上がるとデデは鍵《かぎ》を取り出し、一室に入っていった。

「驚いたな。借りたのか？」がらんどうのワンルームを見回して俺が云う。

「買ったのよ、莫迦ね。そんな驚きは、今回のあんたに対するパインとあたしの驚きに比べれば蛙の目脂《めやに》みたいなもんだわ」

デデは一番奥の窓の脇に立つと、厚手のカーテンを捲《めく》り、笑った。

「やってるやってる……ふふ。あの子も怪我した手で大変ね」

俺はデデを押しのけるようにして窓から外を覗《のぞ》いた。隣接するボロアパートの窓があり、サキとあの便所の女がいた——母親だ。こちらを向いた女は操り人形のように正座を崩した格好で万歳を途中で止めたみたいに腕を宙に泳がせ、頭を斜めに傾げながら顔を赤黒に膨張させていた。

サキは女から少し離れたところで躰《からだ》を斜めにしていた。

「見える？　細いけれど紐《ひも》で母親の首を絞めているのよ、あの子」

デデの云うとおり、サキとは反対側に柱があり、そこに括られた紐が母親へ、母親からサキへと渡っていた。サキが〈おかあさん〉と叫んでいるのがサッシ越しに聞こえてきた。

家具らしきもの、家庭を思わせるものは何もない、引っ越してきたばかりのような部屋だった。真ん中に卓袱台《ちゃぶだい》代わりのプラスチックケースがあり、コンビニの弁当が空になっていた。やがて母親の目玉が眼窩《がんか》から練り歯磨きのようにゆっくり押し出されてきた。

「やっちゃえ……やっちゃえ」

興奮し呟《つぶや》くデデから微《かす》かに腋臭《わきが》っぽい臭いがしてきた。

サキの顔は泪《なみだ》と苦しみに歪《ゆが》み、濡れた段ボールのようにくたくたで頼りなくなっていた。俺の前で見せる気の強さは微塵も無く、ただただ慌て混乱しながら紐を引いていた。

母親が歯を喰《く》い縛り、上下の前歯の欠けた穴から蚯蚓《みみず》の頭のように舌が見え隠れする。

不意にサキが仰《の》け反ると母親も柱側に引っ張られるようにして横倒しになった。頭を打ったサキは飛び起きると横倒しのまま目を開けている母に抱きつき、猛烈に揺すり始めた。すると気の付いた母親は猛烈に咳《せ》き込み、苦しみ始めた。

サキが一心になって背中を擦《さす》っていると、母親は透明な胃液を何度か吐いた。

そして少し正気を取り戻した途端、サキの顔へ猛烈なビンタをくれると、サキはプラスチックケースの向こう側に吹っ飛んだ。母親はよろよろ立ち上がると泣くサキを踏みつけ、蹴《け》りつけた……。

　サキの泣きながら謝る声が聞こえてきた。

　俺は溜息《ためいき》をつくと窓から離れ、煙草を取り出した。

「なんなんだ、あの猿芝居は？」

「芝居じゃないわ。本気なのよ」窓に目を向けたままデデが答えた。「母親はあの子に殺されたがってるの。それもつい最近のことじゃないみたいね。ずいぶん前から、こうしたことをさせているらしいわ……」デデは鉛筆のような細く、紙の黒い煙草を咥《くわ》え、火を点《つ》けた。部屋のなかに枯れ草のような匂いが漂った。

「よく調べ上げたもんだ」

　デデはポッと音をさせながら煙草を唇から引き抜いた。

「パインが報告書をくれたのよ。母親は三十九歳。パート勤めとは云いながら、まともに続いちゃいないわね。あの中古車屋も案外、覗き代を支払っていたんじゃないかしら。未婚のままあの子を産み、それからはずっと生活保護を受けながら陰で淫売《いんばい》をしながら暮らしてるみたい。最近は客も寄りつかなくなったみたい。で、ニッチもサッチも行かなくなったんで死のうとしてるみたいよ」

「そんなら電車でも川でもビルでも好きなとこで勝手に死にゃ良いじゃないか。どうして娘なんかにあんなことをさせるんだ」

「そんなことはわからないわ。趣味なのか狂ってるのか、その両方かもね。個人的にだけれど、ああいう女はむかつくわ。死ねばいいのよ」

俺は壁に吸い殻を擦《こす》りつけ、火を消した。

気がつくとデデが俺の顔をぼんやり見つめている。鼻先がチリチリするような気味の悪さを感じた。

「なあ、なんでわざわざこんな手間暇掛けてまで調査をしてるんだ。ここを買うなんてのもただの興味本位にしてはおかしい」

「パインが決断したのよ。あんたをしゃんとさせようと……」

「なんだと？」

「仕事よ。四日以内に、あの母子を殺して戻ってきなさい。処理はここでパートナーズがするわ。あんたが始末した後で電話をすれば簡単に行方不明扱いになるわよ、あんなやつら」

「餓鬼は殺したことがない」

「あら良いじゃない。その歳で新しい経験ができるなんて」

「俺はしたくない」

デデが火の点いたまま吸い殻を落とし、ヒールの先で潰《つぶ》した。

フローリングの板が黒く焦げ、厭《いや》な臭いがした。

「おい。もうエロ本みてえな御託《ごたく》はよしな、たくさんだ。やらねえなら、今、此処《ここ》で死ぬんだ。俺の目の前でやれ。しみったれた、てめえの憂鬱《ゆううつ》顔には反吐《へど》が出るぜ」

デデは男声に戻ると筆で刷《は》いたような細い眉《まゆ》をしならせた。

俺はカーテンを振り返った、その向こうにはサキと母親がいるはずだった。

5

サキは顔の左側を大きく腫《は》らしていた。

「どうしたんだ」

「なにが？」

「顔さ。水溜《みずた》まりのアンパンみたいに膨らんでる」

「流行《はや》りなのよ、小学校で」

サキはチョコパフェからスプーンを抜くと取り出したアイスを舐《な》め、今度は咥えたまま上下に揺すった。

ウェイトレスは俺の顔を憶《おぼ》えていないようで、俺たちは窓から通りを眺められる広いテーブルにいた。

「おふくろさんに殴られたな」

スプーンが止まり、サキの目玉だけが動き、俺を見た。

「首を絞めるなら手ですることだ。それが一番確実なんだ。首全体を絞めようとはせず正面から気管だけを両方の親指で指圧するように潰せばいい。奥まで押し込んだら気管は元に戻らない、相手は窒息する」

「盗み見とかしてんの？」

俺は肩を竦《すく》めた。

「気持ち悪い……やっぱり変態ね、あんた」

「まあな。だが、面白半分で生き物を殺したりはしない」

サキの右手が動き、スプーンが俺の顔に飛んできた。俺はそれを空中でキャッチすると静かにテーブルの端に置いた。

サキは鳩が豆鉄砲を喰ったようにポカンとしていた。

「へえ案外、凄《すご》いね」

「変態と云ったり、凄いと云ったり……忙しいやつだな」

俺がスプーンを差し出すとサキは小さく「ありがと」と呟き、そのまま窓の外を眺めだした。

車が六十台ほど行き過ぎるとサキは口を開いた。

「おかあちゃんは……おかあちゃんは、死にたいって」

「そのようだ」

「もうそれは決まってる……死ぬのは」

「なるほど」

「それは絶対に変わらない。でも……」

サキは大きく鼻で息を吸うと吐きだした。

「あたしが殺さなくちゃ天国には行けないんだ。自分で死んだら地獄に堕《お》ちちゃう。あたし、それは絶対にしたくない」

地獄もなければ天国もありゃしないと、云いかけ俺は止めた——サキの目から水が溢《あふ》れたからだ。

サキはそれを削るように手で拭《ふ》き、パフェに戻った。

「あのハムや犬はその為か？」

「うん。あたし、ギリギリのところで力が抜けちゃう。だから少しでも慣れようと思った」

「で、慣れたか」

サキは首を振った。

「全然、もっと怖くなった」

「なぜ」

「死ぬって怖いよ。突然、止まってしまう。おかあちゃんがあんな風になるの怖い。それにとても苦しそう……」

その時、入口から俺たちを盗み見ている男がいた。銀ブチ眼鏡、小太り、三十代後半だが髪の毛と服装は二十代が読むカタログ雑誌から真似たようなものになっている。つまりPTAの会長になったことを勲章のようにひけらかすタイプの男ということだ。

俺は男が何者だか知るために〈トイレに行く〉とサキに告げた。

思ったとおり、男は俺が席を立つのを見て、近寄ってきた。

俺はトイレに行ったフリをして角から男の様子を窺《うかが》った。

サキは男に声を掛けられて驚いているようだった。しかし、大きな反発もせず俺に見せるような攻撃的な態度でもない。ただ男の話を頷《うなず》きながら聞いていた。

俺は頃合いを見計らって戻った。

「こんにちは」

俺が近づくとサキの隣に座っていた男が、にこやかに挨拶《あいさつ》をしてきた。

「どうも」

「やあ」

だらしない身なりの俺が対等な挨拶をしたのが気に入らなかったようで一瞬、顔を曇らせたが、すぐ〈低レベルの人間なのだ〉と自分を納得させ笑顔に戻った。

「カネコと云います。この子の守護神《ガーディアン》みたいなことをやってます」

握手しようと手を伸ばしてきたが、俺はぼんやりを装《よそお》い、手を取らなかった。奴は更に気を悪くしたようで俺は少しだけ胸に灯が灯《とも》ったように楽しくなった。

「握手ぐらいしなよ」

サキがぼやく。

「げっしっし。あっしにはそういう西洋風の習慣がねえんですよ」

テーブルの下でサキが俺の足を蹴《け》った。

「失礼ですが、どういった……」

「どういったって……。まあ、こんな感じでやらして貰《もら》ってますけど」

「どういう人なんだ、サキ」

サキは俯《うつむ》いてしまった。照れているのではなく明らかに怯《おび》えているのがわかった。

「サキ……。俺に隠し事をするのか」

「おじさんだよ……知り合いの」

サキはそう口にすると顔を上げ、俺を見た。

カネコが大仰に溜息《ためいき》をついた。

「これは正しいことかな、サキ。これは本当に正しいことなのか」

サキは黙っていた。

「配達の時間だ。行ってきなさい」

カネコの声にサキは頷き、席を離れた。ドアから出る時に一度だけ振り返った。

俺は軽く溜息をつき、冷えたコーヒーに口を付けた。

「配達ってなんです？」

「仕事ですよ。人は働かなけりゃ、オシマイです」

「ですなあ」

カネコは煙草を取り出すと、これ見よがしにパッケージをテーブルに載せた。『アフター・アワーズ』ギリシャ製、バイオフィルターとかいう活性炭の入った吸い口が売りでオカマが好きそうでしょうとデデが以前、吸っていた。

「日本製じゃないんだ。ちょっとしたこだわりで舶来なんだ」

カネコは口調を変えてきた、俺はぼんやりを続け、大した驚きも見せなかった。そのことが更にカネコのプライドを傷つけたようだった。

「あんた、あの子に近寄るのは止《よ》した方がいい。ここらじゃ見かけない顔だ。通りすがりなら今日にでも好きなとこに行きなよ」

「はあ」

生返事をして窓を見た、するとカネコは俺の肘《ひじ》を軽く殴った。

奴は薄暗い目で睨《にら》みつけていた。

「あんた、俺を怒らせない方が良い。俺は真っ当だが、俺が気分を悪くしていることを知ると勝手なことをする輩《やから》が何人もいる」

「すみません」

「俺はあの母子をずっと見守ってきた。サキの母親は人間の屑《くず》だ」そう云ってカネコは顔を寄せてきた。「変態なんだ。それも救いようがない。俺はサキが心配だ。このままでは誰も彼女を導いてやれない」

俺は神妙な顔で頷いた、そろそろ出たくなったからだ。

カネコはそれに満足したようだった。

「俺は親代わりにあいつを幸せにしてやりたいと思ってる。だからあんたも変な影響を与える前に消えてくれ」

カネコはポケットから千円札を二枚取り出すと俺に握らせた。

「これで隣の町でもその先にでも行くんだ」

6

カネコはサキのアパートから歩いて五分ぐらいの場所に店を持っていた。店舗はありきたりの配置で道路に面したところが売り場、その奥にオーブンを備えた厨房《ちゅうぼう》がある。裏に回るとドアの隙間からサキとカネコが向かいあっているのが見えた。

サキはカネコと同じくパン屋の白衣に帽子を被《かぶ》っていた。

俺は硝子《ガラス》に吸盤マイクを取り付けた。アンプで調整するとなかの音が鮮明にイヤフォンへと流れてきた。

『殴られたのは殴られるだけの理由があるからだ』

カネコが白いヘラをサキに突き出していた。

『はい』

『バニラビーンズがまだここにこんなに残っている。これを捨てるということは、どれだけ食材に対して感謝の念がないかということなんだ』

『ごめんなさい』サキの頰が赤く腫《は》れていた。

奴は母親とカネコの間でまるでピンポールのようにあっちでコンッ、こっちでコンッと殴られている。

カネコは怒ったようにステンレスのボウルを搔《か》き混ぜるとトレーに並べられた白い塊のなかに詰めていく。サキが手を伸ばして詰められた物を今度は別の黒い鉄板の上に並べていくが、少しでも遅くなるとカネコは〈遅い！〉と怒鳴りつけた。

『あんな変な人間と付き合うから、動きがダメになるんだ。いいか。人間は志《こころざし》だ。志のない人間はいくら高邁《こうまい》な理想を語っていたとしても砂の上の楼閣《ろうかく》にすぎないんだ。あの手の人間は動物と同じレヴェルなんだ。その日その日を生きることだけで精一杯。人を助けることとなんか考えもしない連中さ。そんな人間になりたいのか』

『いいえ』

『何の役にも立たない。それで決まってああいう連中は自分を正直で優しいと云うんだ。でも、それは真っ赤な嘘だ。まず自分の人生に対して誠実ではない、親兄弟に対して誠実ではない、そして地域社会に対しても誠実ではない。サキ、本当の優しさというのは力強さを秘めた人間からのみ生まれるものなんだ。わかるな』

『はい』

カネコはバニラクリームを調理台に置くと、サキの肩を抱いた。

『俺が綺麗《きれい》事ばかり云っていると思うかもしれないが、綺麗事を守って生きるということは、とても大変だし、また尊いことでもある。おまえの母さんは故あって、そういう生き方ができずにいるけれども、おまえがそれに影響されたり、引きずられてしまってはダメだ。それはゆくゆく母さんを不幸にすることにもなる。おまえは将来、ひとりで生きていけるように此処《ここ》でパンの修業を始めたんだったよね』

『はい』

『今から手伝っていけば中学を出る頃には立派な職人としての技術が手に入る。それがおまえの人生の武器だ。夢は小さな夢からこつこつとつむいでいったほうが、その人らしい夢になる。他人を羨《うらや》んだり、人の物を欲しがったりして創り上げた夢なんかまやかしだ。そんなことをしなくても、おまえには偶然、神様が俺という人間を用意してくれているんだ。そういう自然な流れに逆らってはいけない。まずどんな幸せもたいていは手を伸ばせば届くところにあるものだ。人は鈍感だから、それを無視したり、または幸せに触れても気づかないものなのさ。だから俺は金も受けとらずタダでおまえに教えてやっている。東京辺りのパン屋の学校に行けば何百万もかかるような知恵をおまえにタダで教えてやってるんだ』

『わかった』

『おまえは小学校を出たら、中学に行く。そこから高校に行くか、更に大学に行くか、途中で働き始めるのかはわからない。でも、俺はずっとそばにいて支えてやるつもりだ。そしておまえが幸せになったら、それでいい。見返りは要らない。俺はおまえとおまえの母さんを幸せにするという目標を立てたんだ。俺は純粋に頑張ってる奴を応援したい。ただ、それだけの気持ちでおまえと向かいあっているんだ。勿論《もちろん》、おまえがまだまだ勉強が足らないから、俺と一緒にいたいというならそれもありだ』

サキは俯《うつむ》いていた顔を上げるとカネコを見た。

『ありがとう。カネコさん』

『ああ。それでいい。自分を信じ、宇宙《コスモ》の言葉に耳を傾けるんだ。辛《つら》いことや厭《いや》なことがあったとしても、それはもっと酷《ひど》いことが起きるのを誰かが堰《せ》き止めてくれていた結果かもしれない。そういう風に物の見方や角度を変えることによって自分の可能性というのは無限に広がるし、どこにいてもひとりじゃない。どこにいても怖くはないじゃないか』

欠伸《あくび》をして俺は店の前に駐《と》めてある自転車を調べることにした。案の定、古びた一台に〈カネコ〉とシールが貼ってあるのがあり、ご丁寧に住所と電話番号が書いてあった。

俺はカネコのマンションに向かうことにした。

マンションの錠は、ありふれたシリンダー錠だった。俺は一分ほどでそれを開けてしまうとなかに滑り込んだ。エレベーターは動かず、唯一、侵入を見とがめられる可能性のある正面の部屋の電気メーターは蝸牛《かたつむり》のような動きで不在であることを教えていた。

中年男の体臭と生活の臭いが、とろみの付いた中華料理の餡《あん》のように鼻にまとわりつく。

部屋は3LDKで室内は整っていた。寝室の隣に書斎があり、もうひとつの部屋を開けた途端、俺はヒューと口笛を吹いていた。

そこには引き伸ばされたサキの上半身裸の写真が壁に貼られていた。三、四年前のものだろう。ピンク色の渦巻きのあるロリポップを齧《かじ》りながら、あどけない顔でこちらを向いていた。そこは所謂《いわゆる》〈趣味の部屋〉で隅にはガスマスクを被り、ゴム製の拘束衣を着せられたマネキンが、棚には小さな動物の骨格標本がずらりと並び、その横に死体の処理、ナチ関連の書籍、拷問・監禁・ＳＭ、女を飼育する類《たぐい》の研究書と写真があった。

冷蔵庫を開けると銀色の水筒が本来ならば牛乳などをしまう場所に並んでいた。大きさは大中小とあったが、同じ大きさごとにキチンと整頓《せいとん》されている。俺は手前の一番細い水筒を手に取り蓋《ふた》を開けてみた。鼻を突く異臭に俺はそれがすぐにホルマリンだとわかった。蒸気を嗅《か》がないように注意深くなかを覗《のぞ》くと雑巾《ぞうきん》のようなものが液体に漬けてあった。鼠だった。既に命を失ったそれは皮と骨が剝離《はくり》し、牙《きば》を剝《む》きだして笑っているように見える。水筒の中で身が骨から外れるのを待ってから組み立てるのだろう。棚の標本は本物の動物からカネコが作り出したものだとわかった。

俺は水筒を元の位置に戻すと部屋を出た。

パン屋に戻る途中、サキが公園のブランコに乗っているのを見つけた。

頻《しき》りに鼻の頭を触っていた。

「鼻糞《はなくそ》じゃ、腹は一杯にならないだろう」

俺の声に振り向いたサキは一瞬、ホッとした顔をした癖に、すぐフンとそっぽを向いた。

「鼻血だよ、莫迦《ばか》。下品だね」

俺はハンカチを渡すと隣の一台を引き寄せ、座ってみた。

「ブランコなんて三十年ぶりだ」

空には満月が浮いていた。公園の木々や遊具が白々しく光っていた。

「殴られてたな」

「また覗き見してたんだ。厭な奴」

「あいつは親戚《しんせき》か何かなのか？　それともおふくろさんが金を借りているとか」

「あの人は正しいんだ。ちゃんと暮らしているし、まともに大学にも行ってるし。いろんなことを教えてくれるし、あたしの将来のことも考えてくれている」

俺は黙っていた。

「あんたとは違うんだよ」

「そのようだ」

近所の家の中から子供が母親を呼んでいるらしい声が聞こえた。

サキは俯いたままブランコを前後させていた。

「此処から逃げ出したいのなら、俺が手伝ってやるぞ」

サキが俺を見た。俺もサキを見ていた。子供の顔を見ている気はしなかった——寂しい人間の顔があった。

やがて目を逸《そ》らし、サキは長い溜息《ためいき》をついた。

「ねえ。大人になっても生きるのは苦しい？」

俺はすぐには答えなかった。

「俺に訊《き》くのか」

サキは立ち上がった、送ろうと云ったが手を振り払い駆け出して行ってしまった。

俺はその場で一服し、ホテルに戻ると身なりを整え、腕の良さそうな年配のバーテンダーがいるバーを探し、年に数えるほどしか飲まない酒を少し飲んだ。


その夜、俺はサキのアパートにいた。

部屋の真ん中で寝穢《いぎたな》く鼾《いびき》をかいている母親に対し、サキは窓際に小さな煎餅《せんべい》布団を寄せ、その上で猫のように丸くなっていた。

月明かりが彼女の顔を静かに照らしている――奴は寝ながら泣いていた。

俺はホテルの電話番号と俺の部屋番号を書いたメモをその手に握らせ、外に出た。

俺の心は晴れなかった。

## 7

それから二日間、俺はサキと逢《あ》わなかったし、サキからの連絡もなかった。

デデの〆切《しめきり》は、あと二十四時間に迫っていた。

俺はサキとその母親を殺すか、自分が殺されるかしなければならなかった。

ベッドで横になりながら、酒を飲《や》り、ウトウトしていると電話が鳴った。

「もしもし……」

時計は夜の十一時を回っていた。

相手は無言だった、が、荒い息遣いだけは聞こえて来た。

「……サキか」

『あ、あたし……おかあちゃんを……おかあちゃんを……』

声が湿っていた。

「迎えに行く。〈ズーデニ〉にいろ」

返事はなく、電話は切れた。

俺は背広を取ると外に出た。

しかし、サキは三十分経ってもやってこなかった。

俺はサキの部屋に向かった。

アパートの前は静まりかえっていた。

ゆっくり部屋のドアを開けると、スーツケースに荷造りしている母親と目が合った。

「だれ？」

俺はそれに構わず中に入った。

「サキはどうした？　逃げ出すんだな。娘を捨てて。元々それが望みだろう」

「出てかないと警察呼ぶよ」

「娘を捨てるのなら、勝手に出て行けばいい。なぜ殺させるなんて面倒なことをやらせた」

俺の言葉に母親はキッと睨《にら》みつけてきた。

「うるさいねえ！」

「教えろ」

俺は財布から札を摑《つか》み出すと座っている母親の前に散らした。

母親は札を摑み始めた。

「あたしゃ、あの子の哀しい顔を見るのが大好きなんだ。ぞくぞくするのさ。自分の母親を手に掛けたなんて顔は特に嬉《うれ》しいねえ。だからさ。だから、多少まどろっこしくてもやっていたんだ。大変なんだよ。あれも」

「死ぬ気はなかったのか」

「なくはないけどね。まあ流れだね。死んだら死んだで、それはそれっていう」

「どこへ行くんだ」

「少し前から出会い系で仕掛けてた四十ぐらいの素人童貞が暮らしても良いって云ってきたんだよ。金は持ってるみたいだから転がり込むのさ」

金を拾い終えた母親は荷物を手早く詰め、スーツケースの蓋を閉めた。

「さあ、あんたも出て行きなよ」

振り向いた母親の喉笛《のどぶえ》を俺は人差し指と中指、親指の三本で摑み、柔らかい気管をモロに押しながら、そのまま床の上に組み伏せた。両膝《りょうひざ》で母親の両腕を押さえると彼女は足をばたつかせるぐらいの抵抗しかできなくなった。

俺はゆっくりと気管を喉の中で潰《つぶ》した。

母親は目を見開きながら生きたまま気管を引き千切られる激痛から逃れようと何度も嫌々をした。眼球の周りに血が滲《にじ》み、充血のあまり鼻から出血が始まった。膨らんだ顔が熟しきったトマト色になる。

「嬉しいだろ？」俺は真正面から女を覗《のぞ》き込んだ。

母親は首を振ろうとした。口から血が零《こぼ》れる。

「こうして欲しかったんだろ」

首がイヤイヤをしようと捻《ねじ》られ、溢《あふ》れた血でうがいのように喉がゴロゴロ鳴った。

「簡単に死なないようにしてやってるんだ」

母親の目から突然、泪《なみだ》が噴き出し、躰《からだ》が上下に跳ね出した。

プラスチックケースの上にある時計が午前零時半を過ぎたところだった。

あと十分ほど苦しめたら、終わるだろう。

俺はそう思い、そのようにした。

気管を皮膚の内側で引き毟《むし》る時、母親は失禁した。

思い当たるサキの行き場所——残るはカネコの自室しかない。

ピッキングを使いマンションの中に入るとカネコの〈趣味の部屋〉の扉が薄く開いていた。

俺はそのままリビングに入った。

真ん中より少しずれた場所で捨てられたマネキンのようにサキがひっくり返っていた。

躰は温かかったが目が半開きで、心臓と呼吸は止まっていた。

俺は左胸へ重ねた手を打ちつけ、鼓動を確認しつつ、口から細かく息を吹き込んだ。それを五、六回くり返したところで後頭部にピッケルを突っ込まれたような痛みが走り、俺は反射的に仰《の》け反ったまま仰《あおむ》向けに倒れ、相手を確認する間もなく顔面を蹴《け》り上げられ、壁だかテーブルの脚だかにぶつかって止まった。

「おいおい、人がせっかく殺したんだぜ」

カネコが金色に光る拳銃《けんじゅう》を手に立っていた。先端に絡まった俺の髪が揺れていた。

「ほんの少し触ったぐらいで大騒ぎしやがった。あれだけ親切にしてやったのに恩知らずな餓鬼だ」

「あんた最初っからサキを養育する気なんかなかったんだな」

「なんてことを云うんだ。ほんとにおまえはムカツクし、人を傷つける男だ。俺は奴と一緒に暮らすつもりだった——俺のパートナーとしてな。こいつのおふくろは承知してるのさ。今頃はどこかよその男と駆け落ちしてるさ。こうでもしなきゃ、ゆくゆくは捜されたり、餓鬼が足手纏《あしでまと》いになって困るって云うんで俺が絵図を描いたんだ。

こうすりゃ、サキはおふくろを捜しゃしない。俺はサキにおふくろの死体の処理と殺人の秘密を共有したということを恩に着せられる。サキは一生、俺から離れられない」

「部屋を見たぜ。変態野郎の脳味噌《のうみそ》は、どいつもこいつも似たり寄ったりで反吐《へど》が出る」

「多少、身なりをまともにしてきたからって屑《くず》が屑じゃなくなるなんてことはないんだぞ。言葉に気を付けろ。盗んだ服を着て何をイキがってやがる。警察に来られて困るのはおまえの方だ」

「確かに」俺は躰を起こした。「それはそうだ」頭に手をやると、ひと握りの血が付いてきた。「俺は殺されるんだな。あんたは拳銃を向けてる。それは使えるんだろう」

「勿論《もちろん》さ。俺のオヤジが中学の時に買ったモデルガンだが金属でできてるんだ。俺が銃身に穴を開け、弾も手作りしたんだ。試射もしたんだぜ」

「モーゼルC96。如何《いか》にも虚仮威《こけおど》し好きが買いそうなブツだな」

「そう死に急ぐなよ。慌てずとも殺してやるから」カネコは手錠を俺に放ると塡《は》めるように命じたので、俺は素直に従った。カネコは食器棚からありきたりの包丁を取りだすとモーゼルを腹に挿し、持ち替えた。「やはり部屋の中じゃ撃てないからな」カネコは倒れているサキに近づくとスカートの中に手を差し入れ、丸まったパンツを抜き取った。

「こいつは母親が淫売《いんばい》してできた子なんだ。あの莫迦《ばか》親は自分が妊娠していることにも気づかず淫売を続けて、腹が膨らんでどうしようもなくなってきた時、相談しに行った市役所のジジイと懇《ねんご》ろになってよ。乳飲み子がいて働きに行けない状態の方が生活保護費がたくさん支給されるってそそのかされて産みやがったんだ。ジジイが変態でな。ただでさえアレだったのが手のつけられない変態になっちまったんだよ。ジジイは母親のために借りていた部屋で下半身丸出しで首括《くく》って死んでた。自殺だと云われたが、どうだか。案外、こいつのおふくろが直前で縄を外せたのに見殺しにしたのかもしれん」

俺はカネコの話を聞きながら手錠の鎖を両手を捻《ひね》ることで引き千切っていた。この手のオモチャは見掛けはしっかりしているが、やはり本物とは使っている合金の質が違っているのだ。最近は軽量な特殊カーボン製のものもあるが、あからさまに金属でできているものであれば、本物か否かは掛けてみればわかる。重量が全く違うのだ。カネコは本物を掛けられたことがないらしい。

「じゃあ、外にドライブに行こうか」カネコが包丁を俺に向けた。

その瞬間、〈うーん〉とサキが呻《うめ》いた。

声に振り向いた奴の手首を俺は砕き、反対向きにするとそのまま顔面に包丁を突き刺した。当然、カネコは絶叫したので頸《くび》に手刀を叩《たた》き込んで黙らせた。俺は奴の顔から包丁が抜け落ちると同時に躰を支えた。悲鳴の後に誰かが倒れる音がした、なんてのは人聞きが悪すぎる。


猿ぐつわに手足を縛り付けたカネコをユニットバスに放り込むと俺はリビングに戻った。サキは、まだ意識がハッキリしないようで横になったまま、ぼんやりしていた。

俺はデデに電話をした。

『餓鬼を殺《や》ったのね』

「白々しいことを聞くな。どうせ見張っていたんだろう」

『彼女の母親はキチンとしたけれど、娘は生きてるじゃない』

「一度は死んでるんだ。それでチャラにしろ」

『聞いてみるわ』

五分するとデデがドアをノックした。

「荷物がある。コテージに運びたい」

「別料金よ」

「かまわん。それに〈医者《ドク》〉も」

俺の言葉にデデが思い切り眉《まゆ》を顰《ひそ》めた。「必要なの？」

「とても」

デデが電話をし、俺はサキの元に近寄ると銀行のカードを渡した。

「暗証番号は０１２５だ。少しは金が入っている。全部使って良い」

「憶《おぼ》えてらんないよ」

「アル・カポネの命日だ。すぐわかる」

するとサキは俺の手を握ってきた。

「あたし、おかあさんを……」

「忘れちまえ。気にしても良いが閑《ひま》な時にしろ。おふくろさんの躰は俺が始末した。跡形もないはずだ。おまえが云わなければ誰もこのことを知らない。おまえが居なくなっても親子で逃げたと思うだろう」

「どうすればいいの？　どこで、どうやって生きればいいの？」

「俺に訊《き》くのか？　それを……」

サキは横を向いた。

「おまえのおふくろは純粋に自分の子供が苦しむ姿を見たがる人間だったということだ。信じられないだろうが、この世にはそういうろくでなしがいる。おまえは子として母の妙な楽しみにつき合わされただけだ」

「そんなの信じられないよ」

「信じろ。目の前にいる俺がそうだ。俺もそうしたろくでなしの一人だ」

「……」

電話を終えたデデが近づく。

「駅まで乗せてやってくれ。それで本人の好きなところまでチケットを買ってやれ」

「はいはい」デデは呆《あき》れ顔で頷《うなず》き、出て行った。「正面に来なさい」

俺はサキを抱き上げ、エレベーターで下りた。

ホールに出ると〈男たち〉が入れ替わりに上がっていった、デデは用意がいいのだ。

黒のハマーに乗せるとサキは窓を下ろした。

「もう逢《あ》えないね」

「逢えないのじゃない。逢わないんだ」

「いつか捜すわ……ヨミ」

「行け。忘れられなくなる」

俺が合図をするとパワーウィンドーが上がり、サキの顔が見えなくなった。

ハマーが交差点を曲がるまで俺は見送り、そこで一服していると〈男たち〉が人型に中身の詰まった寝袋を抱えて現れ、自分たちの車に移し替えて走り去った。

## 8

「今回は本当に特別だったと思うわよ」

デデは、でかいサングラスを少し下げ、俺を睨《にら》んだ。

俺は顔に集《たか》る蠅や蚊を手で払いながら椅子に括られたカネコの下半身に砂糖水を柄杓《ひしゃく》で掛けていた。

麻酔から覚めたカネコが何事か呟《つぶや》いたが、俺は聞こえないふりをした。

最寄りの集落から車で二時間、林道からも完全に離れた林のなかにカネコはいた。

「ここはどこだ」

口から涎《よだれ》を垂らしながらカネコが目をパチクリさせた。登山用ロープで縛られた腕以外、がっしりしたオーク材の椅子に脚から腰、そして胸に掛け、ピアノ線でガッチリと結わえ付けられたカネコは身動きひとつできないようだった。

カネコはカウボーイハットを被《かぶ》らされていた。

砂糖水から蜂蜜《はちみつ》に替えた俺はせっせと刷毛《はけ》を動かして奴の首まで塗りつけた後、デデが「時間よ」と云うのを合図に立ち上がった。

〈医者〉がくれた気付け用のアンプルを折るとカネコの鼻先にかざす。すぐに炭酸アンモニウムのえぐい臭いがこちらにまで漂う。

ぼんやりしたカネコの顔が驚いたようになり、二、三度咳《せ》き込むと俺とデデに「ここはどこだ」とか「おまえたちはいったい……」とか、うんざりするほどどうでも良いようなことを喚《わめ》き始めた。

デデが近づき、いきなりカネコの股間《こかん》にナイフを突き立てた。

カネコが息を呑《の》んだが、デデは狙いを外していた。

「うるさい」

それだけ云うとデデは俺の後ろに戻った。

「ああ、あんたか……」

「気分はどうだ」

「頭が重い……いや、酷《ひど》く痛む。俺をどうするつもりだ。誘拐したって何にもならないぞ」

「そんなことはわかってる。あんたは死ぬんだ」

カネコは鼻を鳴らした。

「なら、早く殺せ。俺は死なんか怖くない。超人なんだ」

俺はデデを振り返った。

デデが肩を竦《すく》める。

「だろうな。あんたみたいな畜生は当たり前に殺しても何の意味もない」

俺はカネコのカウボーイハットを叩き落とした。先程まで包帯の巻いてあった部分が丸見えになっていた。眉のすぐ上から先が綺麗《きれい》に剝《は》ぎ取られていた。皮は勿論《もちろん》のこと、本来あるはずの頭蓋骨《ずがいこつ》までが取り除かれ、脳味噌《のうみそ》がドーム型に露出していた。

「なんだ？　これは」

頭皮の縁からしたたり落ちた血が目元に垂れたのでカネコが呻く。そして傾けた頭から更に数滴、血が膝《ひざ》に散らばる。

「なんだ？　なにをした？」

デデが化粧ポーチから大きめのコンパクトを取り出し、カネコに鏡を向けた。

一分ほどカネコは自分が目にしているものが何なんだか理解ができずにいた、が、不意に像の意味に理解が及ぶと絶叫した。

今度はデデが奴の膝にナイフを突き立てた。

更に悲鳴。しかし今度は、ほどなく収まった。

「いったい……どうするんだ」

カネコが口を開くのを待って俺は答えた、満足だった。

「いま、あんたの躰《からだ》に塗ったのはここらの蟻や虫けらが大好きな甘い蜜だ。もう奴らはそれを舐《な》めにあんたの足に集まってる。あんたは全身とその自慢の脳味噌を生きながら奴らに喰《く》われるのさ」

カネコの顔がキュッと萎《しぼ》むとゲロを吐いた。

「そういうのは、もっとでかい動物を呼んじまうぞ。カラスやトンビなら良いが、熊やハクビシンならどうする」

デデが背後のバッグからビデオカメラを出すと撮影を始めた。

「忘年会に使えるわね」

するとブーンという羽音がし、スズメバチが数匹、カネコの顔にしがみつき前脚でちろちろとピンクのマンゴスチンのような脳味噌を叩《たた》いたと思った次の瞬間、いきなりオレンジマーブルのような頭を深々と突っ込むのが見えた。

胸糞《むなくそ》の悪い悲鳴があがり、デデが嬉《うれ》しそうな声を出した。

カネコの悲鳴が合図だったかのように、それからいろいろな動物が急遽《きゅうきょ》、開店したレストランの味見にやってきた。三十分もするとカネコの上半身は蟻や様々な昆虫に覆われ、羽音と咀嚼《そしゃく》音でうるさいほどだった。

特にえげつないのがスズメバチで奴らはカネコの鼻の穴からも出入りを始めていた。

今や、カネコの気持ちを知らせてくれるのは足と腕の痙攣《けいれん》だけだった。

俺は途中で腕のロープを切ってやった。もし自分で脳味噌を掻《か》き混ぜて自殺する気があるなら自由にさせてやろうと思ったのだが、カネコは既にそんなことに気づく部分も失っていたのか腕を上げようともしなかった。

カネコは斑《まだら》の塊になっていた。

その時、空を見上げたデデが呟いた。

「そろそろ終わりみたいよ」

見ると鷹《たか》が旋回していた。

「あの肢《あし》に摑《つか》まれたら脳の半分は持ってかれちゃうでしょ」

「いや。そうはならないようだ」

カネコの真後ろにある樹の梢《こずえ》を見て俺は云った。

と、その言葉が終わらないうちに灰褐色の塊がカネコの上にドスンと落ち、脳味噌をビリビリと鮭の皮を毟《むし》るように引き千切り持ち去った。

「あの猿、母猿よ。お腹に子供いたもの」

ビデオのスイッチを切ったデデが頷《うなず》いた。

「そろそろ終わりにしよう」

「あら、もう？　まだ面白いじゃない」

「『笑っていいとも！』に吹石一恵《ふきいしかずえ》が出るんだよ」

「あ、じゃあ仕方ないわね」

俺はカネコの抜け殻を椅子ごと地崩れの隙間に蹴《け》り倒し、手の泥を叩《はた》いた。

「サキは俺を捜すかな」

「莫迦《ばか》ね。あんたがそんなに長生きできるわけないじゃない」

デデは首を振った。

俺は空を見上げた、今日はよく晴れそうだった。

# 或る英雄の死

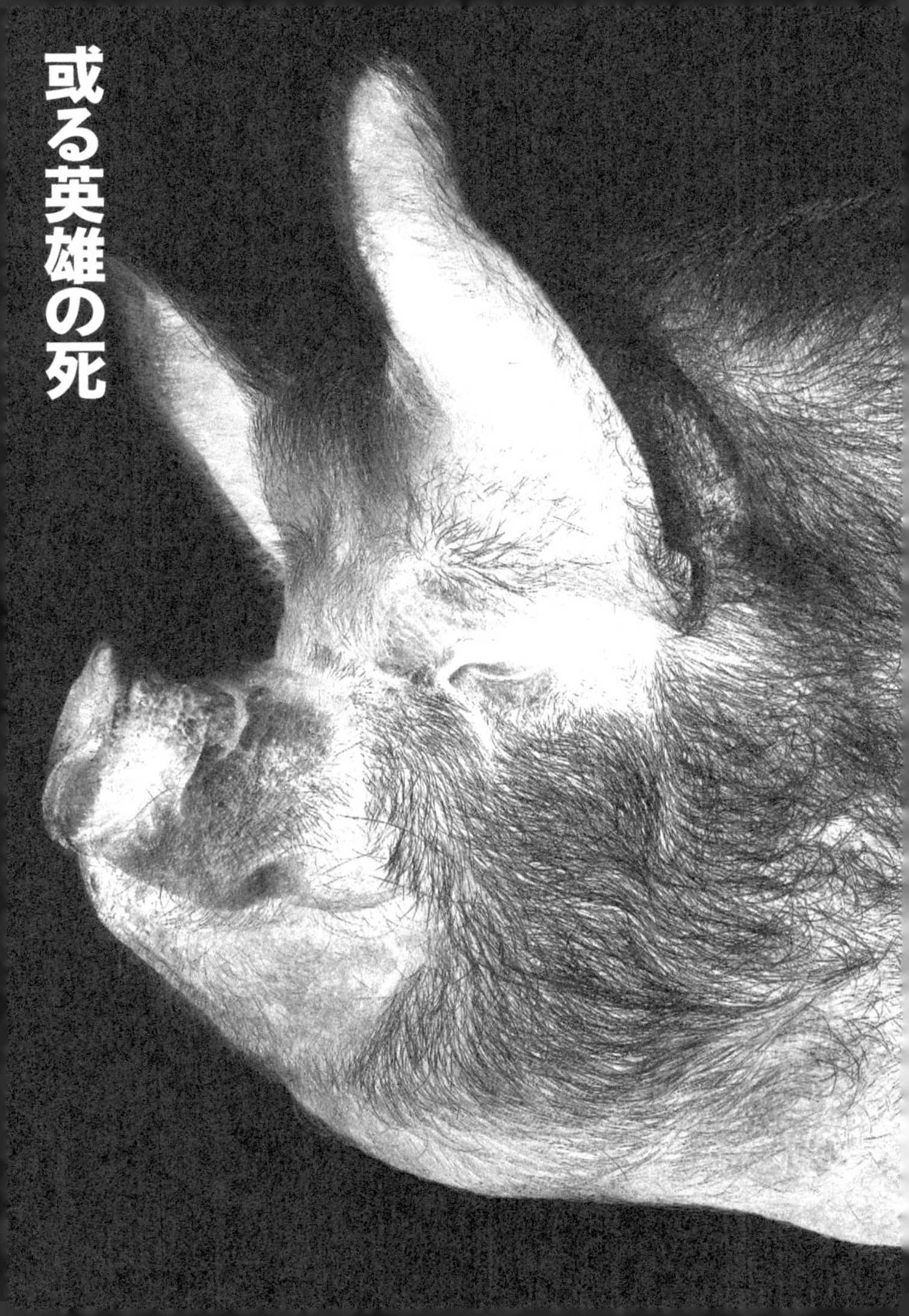

第六レースでウマヤノニョウボウが、シタゴコロマトヤに第四コーナー手前で追い抜かれ、そのまま四着までずるずる落ちたのを見てからだから、俺たちは、もう十時間ぐらい飲んでることになる。グラスは飲む端からサドゥーが片付けてしまうので残っちゃないが、えらい数を飲んでいるのは間違いなかった。

俺は、もしかしたら俺だけかもしれないけれど、酒がこんでくると耳が遠くなる。なんだか小さな音が聞こえにくくなるし、周りの音も隣の部屋に行っちまったようになる。勿論《もちろん》、肩の辺りで大声を出されたり、尻《しり》に嚙《か》み付こうとするタクシー連中がクラクションをブッ放したりするのは真っ当に聞こえるけれど、こうしてスツールに座ってカウンターに肘《ひじ》突きながらチビチビやってるときなんか、耳はポケットにしまってあるような感じになるんだ。それに辺りも回転を停めたばっかりのコーヒーカップみたいに、じわわわ〜っと微妙に動いて感じたりもするしな。

「サトル、もういいかげんにしたらどうだ」サドゥーがばふんの空になりかけたグラスを覗《のぞ》き込んでうんざりしたような声を出す。「おまえら、まるっきり腐ったメロンみたいだぜ」

「尻が痛いんだよ」ばふんが呻《うめ》く。「尻が……俺の尻が酒が足りねえっていうんだよ」

「なあ、サトル。おまえ、まだ脳味噌《のうみそ》生きてるんだろ？　今のうちにこの糞雑巾《くそぞうきん》野郎をどっかに運んでっちゃくんねえかな。先週から三日続けてゲロで便所をダメにしてるんだよ。俺は今夜、店が退《ひ》けたらバーニーズでチヨとデートなんだ。めかし込むわけじゃねえけど、野郎のゲロ掃除の後じゃ気分に弾みがつかねえよ」

「プーソの女相手に弾みも何もねえだろう。俺たちは客だぜ」

「客だった、だよ。おまえらのグラスは一時間も前からそのまんまだぜ。いいかげん、俺を帰してくれよ」サドゥーが俺の背後を見るので俺もそれに倣うとなるほど奴の言葉通り、店には俺とばふん以外に客はいなくなっていた。

「いま何時だ？」

「一時すぎ。俺はオーナーに云ってるんだよ、壁にちゃんとした時計をつけようって。ところがオーナーは時間を気にせず飲める店にしたいなんて云ってよ。本音は客から思う存分、ふんだくろうってとこなんだが、実際にゃ、おまえらみたいに長ッ尻なだけでカウンターの埃《ほこり》にもならねえようなのを集めてるだけなのさ。最近は日本語の通じねえ人間ばかりで、ほんとに厭《いや》んなるよ」

「ほんとだよ」ばふんがサドゥーを見上げた、充血した目玉は半分ぐらい瞼《まぶた》が被《かぶ》さっていて膿《う》んでるみたいだった。ばふんは俺より一つ上で今年四十になる。「俺の尻が。このままじゃ辛《つら》くて辛くて生きていらんねえって夜泣きするんだよ」

「尻の夜泣きより、脳味噌の家出のほうを心配しろよ」

「なあ、もう一杯だけ。そしたら俺がちゃんと連れて帰るよ」

俺が頼むとサドゥーは首を振り振り壁際の酒棚から薔薇《ばら》のラベルの瓶《ボトル》を摑《つか》み出し、新たなグラスに角氷を投げ込んでとくとくと琥珀《こはく》の液を注ぎだした。

「際々《きわきわ》まで入れろよ、佐渡谷《さどや》」ばふんがグラスを眺めながらサドゥーの本名を呟《つぶや》く。

「米でも炊きたては釜《かま》の縁の際々が旨《うま》いだろ。女だって腐りかけや、青臭くて喰《く》えそうにないような際際が一番、旨《うめ》えんだ。特に幼稚園の餓鬼のスモックの匂いは最高だぜ。あれを嗅《か》ぎながら食パンに髭剃《ひげそ》りクリームを山盛りにしたのを齧《かじ》って、便所の洗剤を飲むのさ。最高だぜ」

サドゥーがうんざりした顔で俺たちの前にグラスを置く。「サトル、ほんとうにこいつとは縁を切った方が良い。おまえは兄貴だとか昔のことを恩に着てくっついてるみたいだけれど。もうこいつは昔のこいつじゃない。脱皮した後の抜け殻さ。本体はとっくの昔にこいつを置いてどっかに行っちまってるよ」

「俺はここにいるじゃねえか」

「ああ、確かにな。サトル、頼んだぜ」サドゥーはそれっきり俺たちの会話に入ってこようとはしなかった。俺とばふんはそれぞれのバーボンのグラスを空けると俺が金を払った。「よく考えろよ」サドゥーは俺に釣り銭を渡すとき、もう一度そう云った。

俺はスツールから落っこちかかっているばふんの躰《からだ》を支えると重い樫材《かしざい》のドアを開け、外に出た。いきなり顔を氷で撫《な》でられたみたいに寒波が齧り付いてきた。俺は自分のジャケットの前ボタンを全部閉めると、ばふんにも同じ事をしてやった。尤《もっと》もばふんは薄手のシャツを三枚重ね着しているだけだった。

「なんにもわかっちゃいないのさ」寒さがばふんの酔いを吹き飛ばしたのか、店のなかにいたときよりも、彼はシャンとして見えたし、コンビニの角を曲がる頃には自分の足で歩くようになっていた。

俺は中学二年の夏、近くの川で死にかけた。川と云っても唄《うた》に出てくるような川じゃなく、工業用水と生活排水でべったべたのがったがたにされたヘドロと便のスープのような液体の束だった。俺はそんなところでも釣りをしている大人が居たので見物に行った。夏の暑い日だった。白髪交じりの男の脇に小さなバケツがあり、そこで音符みたいに背骨の曲がった魚が二匹、自分の尾を喰う犬みたいにくるくる回っていた。

「そこにもっとたくさん魚がいる。見てみな」

男がそう云うので俺は川を覗き込んだ。黒い水面には確かに何かがいそうだったが、目で見ることは出来なかった。

「もっと奥だ」そんな声が背中でした瞬間、俺はぽんっと押され、そのまま川に墜落した。

対岸までは広いところで二十メートル、俺が落ちたところでも十メートルはたっぷりあった。普段は人が溺《おぼ》れるなんて信じられないようないちゃちな川だったが、実際、飛び込んでみると、やはり川は川だった。流れは見えないところにあって躰が運ばれるし、おまけに水が臭く、飲み込んだ途端に噎《む》せ返り、涙が止まらなくなった。つまり、俺は自分が川のどの辺りにいるのかさえ見当がつかなくなってしまったんだ。唯一、憶《おぼ》えているのは俺を突き落とした男が悠々と釣り竿《ざお》を抱え、土手を戻っていく姿だけだった。夏の昼間のことでもあり、周囲には人気《ひとけ》も車もあり、橋の上にも通行人はいたはずだが救いの手は差し出されず、信じられないことに悲鳴や「誰か溺れているぞ！」という声すら聞こえなかった。俺が溺れていようがいまいが、周囲は冷静に淡々と自分たちの時間を進んでいるだけといった感じだった。

　俺は泳ごうとした、が、靴やシャツが邪魔になり、さらに藻や泥が手足に絡み、徐々に躰にへばりついて重量となった。俺は少しずつ息継ぎのため必死に浮かんでいる己の躰が沈み込んでいくのを感じていた。五、六回、ヘドロ水を飲み、あまりの苦しさに次は確実に息を吸おうとしたのに失敗した。肺に厭な痛みが走り、俺は汚水が浸入したのを知った。

　――だめかもしれない。そう思った瞬間、何もかもが猛烈に恐ろしくなった。俺は自分が倍も膨らんだ死体となって土手に引き上げられているところを想像した。俺は喪服のおふくろが同級生に向かって頭を下げながら涙を堪《こら》えているところを想像した。俺は仲間や同級生が俺が死んだ後も楽しく遊んでいるのを想像し、そこでありったけの悲鳴をあげた。

　が、なにも起こらず、ただ腐った水が勢いよく鼻から頭に抜け、大量のわさびを食ったような激痛が顔の中を駆け抜けた。

　突然、背中にドンッと衝撃が走り、引っ張られたシャツが首に喰い込んだ。手足をばたつかせると「莫迦《ばか》！　暴れるな」と叱られた。

それが、ばふんだった。頭からズブ濡《ぬ》れになった奴は俺のシャツを摑んで一緒に泳ごうとしていた。その途端、俺たちの上を飛行機が掠《かす》めるみたいに影が過《よ》ぎり、橋をくぐったのがわかった。さっきと違い、橋で大勢の人が叫んでいた。運動会の徒競走で声援を受けているような錯覚になって、ぼんやりすると頰を張られた。

「莫迦！　しっかりしろ！　本当に死んじまうぞ」

その声に俺は自分で泳がなくちゃと気づき、水を搔《か》いた。躰が少し浮く感じがした。流されたおかげで周りの流れが遅くなったのが幸いした。

十分後、俺たちは岸にへばりつき自力で上がった。土手に倒れ込むと夢中で息を吸い、どちらからともなくへらへらと酔っ払ったように笑った。俺が躰を起こすとばふんも倣おうとした、が、奴は顔を顰《しか》めると足を見た。足首が変な方向に曲がり、そこから激しく出血していた。俺は慌てて土手を駆けてくる大人に向かって「きゅ、救急車！」と叫んだ。

それから二ヶ月、入院したばふんは学校を休んだ。右足の骨折自体は単純なものだったが裂けた皮膚からヘドロ水の雑菌が入り、その夜のうちに敗血症を起こしたのだった。俺は何度も見舞いに行った。ばふんは俺を見て「おまえのせいじゃないよ」と照れたように笑うだけだった。俺の親は普通の勤め人としては払えるギリギリの額の見舞金をばふんの親に渡した。ばふんは警察から人命救助の賞状を貰《もら》い、その様子は新聞の地方版にも掲載された。しかし、ばふんは馬のようだと評された足を失った。飛び込む際、コンクリートの橋桁《はしげた》にぶつけた足は曲がり、膿んで、退院しても元のように走ることはできなくなっていた。ばふんは軽く足を引きずるようになって学校に戻った。百メートルの区大会記録を持っていた男は陸上部のマネージャーになった。

「おまえのせいじゃねえよ。俺がドジなのさ」

翌三月、一年先に卒業するばふんは泣きじゃくる俺の肩を卒業証書を入れた筒でぽんぽんと軽く叩《たた》いた。

そんなばふんが大学受験に失敗し、勤めていた会社が倒産し、子供も取られて離婚して地元に帰ってきたのが三年前。俺たちはそれからずっとつるんでいた。ばふんは六畳一間の木造オンボロアパートで生活保護を受けながら飲んだくれ、俺はそんなばふんになけなしの給料で奢《おご》っていた。周りはばふんは駄目な奴だから放っておけと俺たちの付き合いをグチャグチャ言ったが、ばふんは結婚できたけれど、俺はできず、ばふんは有名企業に就職できたけれど、俺は契約の工員であっちこっち渡り歩いただけだった。

俺の中では今も昔もばふんは英雄だった。

「どこ行くの？」

俺はばふんが家とは見当違いの方向へ、ふらふら進み出したので訊《き》いた。

「銀行だよ」

「ちょっと待ってよ。そろそろ夜中の二時だよ。お金ならコンビニのほうが下ろせるんじゃない？」

「ちがうんだよ。おまえは俺の云ってる意味と次元が異次元なんだよ」

ばふんは手をひらひらさせながら先を歩いて行く。

肩を貸そうかと思ったが思いの外、シャンと歩いているので俺はついていくことにした。商店街を過ぎ、住宅地を過ぎた。

耳が痛くなるような寒さの中、絵本に出てくる薄い焼き色のついた満月が浮かんでいた。大きな目玉に見物されている気分だった。

「ばふん、凄《すご》い月だぜ」

「ああ、俺が呼んだんだ。あいつを呼ぶには金がかかる」

「なあ、どこ行くんだい？　家とは全然、方向が違うじゃん」

「ふふ。良いんだ良いんだよ」

　ばふんはそこから足を速め、住宅街を抜けると川縁の小さな工場が並ぶ寂しい一角にやってきた。暗がりがいきなり広がり、街灯と街灯の間の闇が濃い。川向こうの幹線道路を空車のタクシーがたまに走った。

　板金、溶接、鍍金《めっき》、旋盤、研磨、塗装、螺旋《ねじ》、紙折の文字が錆《さ》びた看板に浮かび、錆びたトタン張りの工場からは鉄屑《てつくず》と機械油のくすんだ臭いが道にまで溢《あふ》れていた。

「なあ……どこ……」

　シッとばふんは指を唇に当てると工場と工場の隙間に入り込んだ。そこは完全な暗闇でばふんの躰《からだ》が不意に消えたように見えたので俺は慌てて飛び込んだ。

「あ、ごめん」俺は立ち止まっていたばふんに体当たりしてしまったので謝った。

「静かに」

　妙に冷静な声で俺はたしなめられ、驚いた。

　俺たちは工場の裏手と呼べるような狭い路地に入っていた。目が慣れてくるとばふんの輪郭がおぼろげにわかった。ばふんはゆっくりと前進していく。俺は後を追った。するとトタンの隙間から明かりの漏れている箇所があり、ばふんはそこを行き過ぎると反対側に行ってしゃがんだんだ。そして俺に向かって手を振り、おまえも、しゃがめとジェスチャーをした。

云われた通りにするとばふんはトタンの隙間に目を当てた。顔に橙色《だいだいいろ》の明かりが縦に入り、ばふんの酒惚《ほう》けた表情を浮かび上がらせた。そこで見たばふんは確かにサドゥーが云っていた糞雑巾《くそぞうきん》の酔っぱらいであり、少し気が違っている人のようだった。

ぷぷっと、ばふんは吹き出し、口に手を当てると隙間を指差し、覗《のぞ》いてみ、と云った。

云われた通りに覗くと目の前に工具の作業台らしきものがあり、その下から中の様子が窺《うかが》えた。壁際に機械が置かれた狭い通路があった。そこに裸の男が白い猫を抱いて座っていた。男の歳は六十かそれを過ぎているようで全体が萎《しな》びて、垂れ下がっていた。首から上が浅黒く、丸首シャツで隠れる部分だけが給食に出るチーズのような生ッ白《ちろ》い色をしていた。両の乳首からもずくのように毛が伸び、まとまって垂れ下がっている。躰をこちらに向けているので死んだ貝のように縮こまっているチンポコが見えた。

俺は厭《いや》な気分になった。

「気持ち悪いよ」

「まだまだ。少し見てろ」ばふんが俺に頬を寄せ、くっつく前に止まった。それも俺には何だか居心地が悪かった。ばふんは便所の芳香剤と納豆を混ぜたような息をしていて、それが俺の首筋を行ったり来たり撫《な》で回した。

男が猫を裏返し、その腹を撫で始めると猫は気分が良いらしく、だらんとなった。

すると男は猫の腹からだんだん股間《こかん》に手を伸ばす、それを待ち構えていたかのように猫も股《また》ぐらを迫《せ》り出した。

「なにしてんだ、あいつ」

「見てな、笑うぞ」

たぁまぁ〜たまたまたまたま……たぁまぁ〜たまたまたまたま……たぁまぁ〜たまたまたまたま。

妙な節回しと共に男は猫のチンポを指で挟むとしごきだした。猫は嫌がる素振りも見せず、完全に甘えた格好になっていた。見れば男のチンポもジジイのクレーンのようにゆっくりと頭を上げ始めていた。たぁまぁ〜たまたまたまたま……たぁまぁ〜たまたま……たぁまぁ〜たまたまたまたま。「気持ち悪いなあ」たぁまぁ〜たまたまたまたま……たぁまぁ〜たまたまたまたま……たぁまぁ〜たまたまたまたま。「莫迦《ばか》だろ？　こんな工場で経営者で御座い、なんて面してても裏じゃこんなことやってる。人間なんてくだらねえ生き物だよ」ばふんは嬉《うれ》しそうだった。たぁまぁ〜たまたまたまたま……たぁまぁ〜たまたまたま……たぁまぁ〜たまたまたまたま。

男は少し元気になってきた自分の物も摑《つか》むと猫に合わせて、しごきだした。猫は舌をだらんと垂らしながら擦《こす》られるままに揺れていた。俺はなんだか無性に哀しくなった。たぁまぁ〜たまたまたまたま……たぁまぁ〜たまたまたまたま……たぁまぁ〜たまたまたま。ばふんが云うようにくだらないなとも思うし、莫迦だとも思ったけれど。それよりもなんだか、ひどく物悲しくて、こんな気持ちになるのはおれが莫迦なんだろうけれど、誰もいない貧乏工場で猫と一緒にセンズリをしなくちゃなんないこの男の人生って、きっと今以上に楽しかったことなんかなかったんだろうなと思った。たぁまぁ〜たまたまたま……たぁまぁ〜たまたまたまたま……たぁまぁ〜たまたまたまたま。

「ありゃりゃ、なんだぁ、ありゃりゃりゃりゃりゃ」

なんだかやるせなくなって俺が隙間から目を外すと、ばふんが短く叫んだ。

見ると男が猫の舌に自分のチンポを当てようとしていた。相変わらず猫はだらんとしていたが男のチンポが顔に当たる度にくしゅんくしゅんとくしゃみをして顔を背けた。たぁまぁ〜たまたまたまたま……たぁまぁ〜たまたまたまたま……ほら静かにしろ……たぁまぁ〜たまたまたまたま……たぁまぁ〜たまたまたまたま……おまえばっかり気持ちよくってどうする!……たぁまぁ〜たまたまたまたま……たぁまぁ〜たまたまたまたま……ほら!ほおらっ!　こら!

男は猫の顔にペニスを擦りつけ、無理矢理、口に入れようとしていた。

「変態ってのは、こういう奴のことなんだな」ばふんが呟《つぶや》いた。

ほら！　いつも俺がやってやってるだろ！　たぁまぁ〜たまたまたま……恩返し！

恩返ししろ！　たぁまぁ〜たまたまたま……恩返しぐらい亀だってするんだぞ！　たぁまぁ〜たまたまたま……たぁまぁ〜たまたまたま……ほらほら、もっと気持ちよくしてやるから！　たぁまぁ〜たまたまたま……たぁまぁ〜たまたまたま……。

猫は嫌がっていたが、一瞬、おとなしくなるといきなり男のペニスをぱくりと咥《くわ》えた。

ろ！　ろ！　ろ！　ろ！　ろ！　ろ！　ろ！　ろ！　ろ！　ろ！　ろ！　ろ！

ろ！　ろ！　ろ！　ろ！　ろ！

突然、男が絶叫しながら立ち上がり、摑んだ猫を側の旋盤の台に叩《たた》き付けた。

「げぇ。なんだあいつのチンポコ」

男のペニスが変な形に曲がり、オカリナのような穴が並んでいた。

猫が齧《かじ》ったのだ。

こんちくしょう！　男は叫びながら猫をもう一度、旋盤台にぶつける。

猫は男の腕に前肢《まえあし》で絡みつき、本気で嚙《か》みついた。

ちくしょうちくしょうちくしょう！　男は自分のオカリナチンポを発見し、唸《うな》り声を上げた。

猫が小便のようなものを吹き散らかした。

男は猫の後ろ肢を両手で摑んだ。逆さまになった猫が逆上がりをするように摑んだ男の手に嚙みつこうとする。男が思い切り両腕を拡げた。猫がビックリしたように目を見開いた。男の細い腕にも薄い筋肉が浮き、さらに開いていく。猫が滅茶苦茶にじたばたし始めた。

むぎぃ。男は歯を食いしばって猫を引き裂こうとする。物の折れる音がし、猫の動きが熱狂的になった。まるで電気を当てられているみたいだった。口から血泡が出、肢が胴体とはちぐはぐな方向を向いた。むん！　気合い一発、男はサロンパスを引き剝《は》がすような音をさせて猫を引き破ってしまった。猫の片肢だけが右手に、片肢の抜けた猫が左手に残り、男はそれを床に捨てた。湿った肉の音をさせて落ちた猫から腸《はらわた》がたくさん溢れていた。猫は尚《なお》も床を這《は》って逃げようとして、床に血でかたつむりのように跡を残した。

男は金槌《かなづち》を取るとまだ動いて逃げようとしている猫の顔面に叩き込んだ。一発で猫は〈物〉になってしまった。尚も二、三回殴りつけると男は急にチンポのことを思い出したらしく血に染まっている股間を見て、ひぇぇっと叫びながら逃げていった。

掻《か》き混ぜられたプリンのような腸を見せた猫だけが暗がりの中で捨てられていた。

「たまげたな」ばふんが震える声で呟いた。「とんでもねえ、変態だ」

俺も口が利けなかった。手品師が間違って箱の中で串刺《くしざ》しになっているのを見せられたらこんな気分になるんだろう。期待していた馬鹿馬鹿しさとは全く無縁のものに出会《でくわ》したんだ。気分が悪かった。

「なんか吐きそうだ」ばふんはよろよろと先に路地を出た。ここからだと暗がりに見えた工場の路地も充分に明るい。妙な音をさせてばふんが屈《かが》む。「なんてことだ吐いちまった。吐く気はなかったのに」

「誰だってそうさ。俺だって吐きたいよ」

「全く吐く気はなかったんだ。それなのに吐いちまった。なぜだろう」

「あんなものを見りゃ当たり前さ」

俺たちはオカリナ野郎の工場の角に来た。薄汚い貼り紙に〈猫、貰《もら》い受けます〉と子供が描いた絵があった。そこには女の子とミルク皿を前にした仔猫《こねこ》がいて、猫は小屋の前で鎖に繋《つな》がれていた。

それから俺とばふんは無言で川に沿って歩いた。この辺りになるとさらに家は少なくなる。その分、腐った水の臭いが鼻を強姦《ごうかん》しにきた。

「吐いたんだ。吐く気はなかったのに」思い出したようにばふんが呟く。

「わかるよ、わかるよ」

「ほんとに、わかるか？　おまえにわかる？　この感じ」

「だって誰だって驚くし、気持ちが悪くなるさ」

俺の答えにばふんは「ああ、違う」と首を振った。

「なによ？　何が違うのよ」

「おまえはわかってないよ。浅いんだ、感じ方が」

「どういうことよ」

「いいか。あんなものを見たってことは俺たちの験《げん》が逆向きになってるってことだ。特に猫だ。猫の死に様ってのは人を不幸にしたり呪ったりするものだ。あの猫はきっと俺たちを憎んで死んだよ」

「そんな……。だって俺たちは何もしちゃいないぜ」

「見てたろ」ばふんは誰かに聞かれてないか確かめるように首を巡らした。「俺たちは奴が死ぬのを黙って見てた」

「そんなことなんの関係があるんだよ。殺したのはあのド変態だぜ」

「俺、おまえを川から救ったとき、前の日に猫が車に轢《ひ》かれるのを見たんだよ。下半分だけ轢かれてまだ生きてた。ニャーニャー啼《な》いてたけれど、潰《つぶ》れた側はもう道路にくっついちまっててどうしようもなかった。俺はビックリしたのと興味本位で立ち止まっていた。辺りに人もいたけれど立ち止まっているのは俺だけだった。みんな気味悪がって逃げてくんだ。何度も猫を車が掠《かす》めた。それこそギリギリ、毛を掠るようにしてな。俺はその度に早く轢かれてくれって願ったんだ。早く轢かれて、猫を楽にしてくれって。するとそこに大型の砂利トラが来てな。猫を持ってった」

「持ってった？」

「ああ。二輪履きの莫迦《ばか》でかいタイヤが猫の上をふっと横切った途端、猫はいなくなってた。猫のいたとこにゃ染みだけ。本体はタイヤに、くっついて行っちまったんだ」ばふんはそこで間を置き、また始めた。「猫は俺をジッと見つめていた。俺はそのときも吐いた。そして……」ばふんは何か変な、決意したような感じになって俺を睨《にら》んだ。「おまえが溺《おぼ》れているのを見つけた。俺は飛び込み、足をダメにしたんだ」

俺は目を逸《そ》らした。

「工場で死んだのはあのときの猫とおんなじだ。俺とおまえはあの目に睨まれた。だから、なんとかしなくちゃなんない」

「そんな莫迦な。第一、なんとかしなくちゃなんないって……なにをだい？」

「俺にもわからん。だが何かいつもと違うことをした方が良さそうだ。それとも何かいつもはしていることをしないとか……」

「なあ、ややこしいことはやめて。それなら、どこかまだ開いている店を探してさ。パッと飲んで寝ちまおうよ」

「それだといつものパターンじゃないか」

ばふんは爪を噛んで思案した。

月の色が血のように濃くなっていた、厭《いや》な気がした。

「わかった。前からちょっと気になっていたことがある、あれを済ましちまおう」

ばふんは勝手に納得したように頷《うなず》き、歩き始めたので仕方なく俺も後についた。

町工場村のようなところから川沿いをさらに下流に行くと汚い掘っ立て小屋の建ち並ぶ一角が見えてきた。ほとんどは人の住んでいない廃墟《はいきょ》で屋根は崩れ、壁も半ば朽ちて中が覗《のぞ》けるような物が多い中、奥まった一軒で、ばふんは足を止めた。

「ここだ」

「ここ？……なに？」

そこは周囲のボロ屑《くず》のような家の中では比較的まともに見えた。尤《もっと》もそれは比較するのが、どうしようもないボロ家だからで、普通の家と比べればそれは原発とホッカイログらいの差があった。

「ここは頭のおかしな婆さんがひとりで住んでるんだ。からかって帰ろう」

「からかう？　どういうこと、知り合いなのか」

「全然しらん。まあ、なにかぶつぶつ云いながら歩いてるのはよく見る。細かいことはいいじゃないか、ただ頭のおかしな人間を純粋にからかおうってだけだ。何も悪いことじゃない」

……いや、悪いことだよ、と云いかけたところで、ばふんは勝手にドアを開けると中に入ってしまった。ドアに鍵《かぎ》はかかっていなかった。

「なあ……やばいよ」俺は、ばふんの腕を掴《つか》んだ。

「うるせえ。厭ならおまえだけとっとと帰れ。俺はやる。おばさん？」

ばふんはこちらが拍子抜けするほど脳天気な声を上げた。

俺は出て行こうか正直、迷った。が、もう暫《しばら》く様子を見てからにしようと思ったんだ。こんなことをしているばふんを置いてきぼりにする気にはなれなかった。何かあったら連れて逃げなくちゃならないと思った。

「おばさん？」

部屋のなかはソファや箪笥《たんす》、テーブルがあったが何だかわからない小箱や瓶、缶詰に雑誌などが散乱し、汚かった。靴のままあがっているせいか、低いベニヤの天井が尚更《なおさら》、低く感じられ、それはなんだか真ん中が垂れ下がっていた。隅には梅酒を漬けるときに使う瓶がずらりと並んでいたが、風呂垢《ふろあか》のようなものが付着していて中に何があるのかは見当もつかなかった。

「おばさん」ばふんの声の調子が上ずった途端、天井からぶら下がっている電球が点《つ》いた。

見ると隣の部屋に通じるドアを開けて杖《つえ》を突いた小さな老婆が突っ立っていた。顔はしかめっ面で機嫌が良いようには見えなかった。

「だれだい？」

「俺だよ。おばさん」

「リュージかい？」

「そうだよ。リュージだよ」ばふんは老婆に近づくとその手を握った。

「ほんとかい？」

「そうだよ。忘れちゃったの……」

老婆は眩《まぶ》しそうにばふんを眼鏡の奥から睨んでいた。

「わかんない。あたし、最近、目がひどく悪いんだ」

「でも、俺からはばっちり見える。おばさんだってわかるよ」

「ふーん。不思議なこともあるもんだね」

「そうだよ。世の中は不思議なことだらけなのさ」

「お茶を飲むかい？」

「あ、うん。でも酒はないかい？　お茶より酒を飲めッて医者に云われてるんだ」

「酒？　へえ、最近のお医者は不思議なこと云うねえ」

「そうだよ。医者は不思議な奴ばかりさ」

老婆は杖を突きつつ部屋を横切るとあの隅に並んでいた瓶の口を開け始めた。

俺はばふんの腕を突《つつ》いた。

「俺、あんなのやだよ。飲めないよ」

「ふふ。俺が飲んで死んだふりするから、おまえは適当に婆さんを脅かす芝居をしろ」

「なんだって？」

「云った通り」

「なんでそんなことするんだよ。もう帰ろうよ。この家はなんか薄ッ気味悪いよ」

「老人の家なんてどこも多少は薄ッ気味の悪いもんだ。死が服を着てのろのろしてるんだからな。だからこそ、逆ねじ喰《く》らった験を直すにはもってこいなんだ」

「リュージ。この人は？」

老婆は残念なことにコーヒーカップをふたつ両手に持っていた。

「あ、こいつはチョ松。なんでもないんだ」

「そうかい。なんだか気の毒な名前の人だね。顔も悪いし。まともな人には見えないしね」

「いいんだよ、おばさん。それがこいつのウリなんだよ」

「不思議な人だね」

「不思議だらけさ」

老婆は俺とばふんにカップを渡した。

俺のほうが少し量が多い。茶色い液体の底に泥のようなものがへばりついている。ばふんを見るとなんだか嬉《うれ》しそうににやにやしている。その瞬間、俺はこのふたりに担がれてるんじゃないかと思ったりもした。

「これはなんの酒だい」

「莫迦だね。チョルミルじゃないか。忘れたのかい？」

「そうだったそうだった」ばふんは俺のカップにカップを当てた。「チョルミルに乾杯」

カップを鼻先に持って行くと病院のゴミ箱に捨てられたおむつのような臭いと黴《かび》に混じったアルコールの臭いが鼻を殴りつけてきた。俺は縁に口を付けて、ほんの少し飲み込んだ。喉《のど》が焼け、鼻から得体の知れない気体が外に抜けた。死んだ蜥蜴《とかげ》を舐《な》めたら、この味に近いかもしれない。ばふんも下瞼《まぶた》の縁に涙が溜《た》まり、唇が震えていた。なんだか濡《ぬ》れ衣《ぎぬ》で殴られたような顔だった。それで充分にまずかったんだとわかった。

「昔、日焼けで剝《む》けたあたしの皮も入ってるから躰《からだ》に良いはずよ」

老婆の言葉に胃が凸凹道をカッ飛んだようにぐねぐねし始めた。

「もう行こう、ばふん！」

俺はカップをテーブルに置くと叫んだ。ところが信じられないことに、ばふんは両手でカップを大事そうに持つと中身をいきなり呷《あお》ってしまった。

「ばふん！」

うう……ばふんは低く呻《うめ》くと両膝《りょうひざ》から床に落ち、首をがっくりと前に折ったまま倒れた。

「まあ！　なんてこと！」老婆が頬に手を当てて叫ぶ。「どうしちゃったのかしら」

ばふんは少し呻いた後、躰をがくがく痙攣《けいれん》させ、止まった。

「チョ松さん、どういうことかしら？　リュージはどうしちゃったのかしら」

ばふんは床で静かに横たわっていた。

「死んだよ、婆さん」俺はチョルミルを飲まされたおかげで、さっきまでもっていた老婆に対する哀愁というか思いやりのようなものが消えていた。「あんたの臭い汁で」

「そんな……」俺の言葉に老婆は首を振った。「あたしはあれを何遍も飲んでるんだ。あたしは生きてる、イコールあの酒は平気ってことじゃないかね、チョ松さん」

俺は脈を診る振りをしてばふんの手を取り、次に胸に耳を当て、首を振り溜息《ためいき》をついた。

「確実に死んでる。こいつはもう逝っちまった。あんたの臭い汁で」

「そんなはずはないよ、チョ松さん！　あたしは！　チョルミルは！」

「そのあたしと、チョルミルが原因なんだよ」

割烹着《かっぽうぎ》のような寝間着の胸元がゆっくりと上下し、老婆は口に手を当てた。鳥の巣のような白髪の先もぶるぶる震えていた。俺はちょっと残酷な気持ちになった。

「ここに来るのを楽しみにしていたんだ。とても優しいおばさんがいるって。大好きなおばさんだって……」莫迦《ばか》げたことに俺は〈大好きなおばさん〉と話した途端に声が震えた。自分の言葉に影響されたみたいに涙声になって、驚いた。

「ごめんなさい！」老婆は跪《ひざまず》くとばふんの躰に覆い被《かぶ》さり、啜《すす》り泣いた。

「帰って来ない。もうリュージは帰って来ないよ、おばさん。チョルミルとあんたのおかげさ！」

「チョ松さん！　チョ松さん！　あたしはどうすりゃいいんだろう？　人を殺して刑務所で長いお勤めの果てに帰ってきたこの子を死なせてしまって。あたしはどうすりゃいいんだろ」

「わからない。わからないよ、おばさん。それは閻魔《えんま》様に聞かなくちゃ」

「ああ、そうだねえ。閻魔様しか死人を生き返らせる方法は知りそうにないものねえ」

「そうだよそうだよ」

「わかった」老婆は、ばふんから顔を上げるときっぱりと言い放った。「あたし、聞いてくる！」

「え？」

「閻魔様にさ。今から聞いてくるから」

「ど、どうやって」

「二階に昔、首吊《つ》ろうとして作った梁《はり》と杭《くい》があるから、そこで首を吊ってくるよ。大丈夫、失敗なんかしやしないんだから」

「いや……それは」

「善は急げだよ。早くしなくちゃ、この子の躰が傷んじまって元に戻れなくなるかもしれないしね。こうしちゃいられないよお！」老婆はそう叫ぶと入ってきたドアをよたよたと戻っていった。

俺が呆気《あっけ》に取られていると、押し殺した笑いが聞こえばふんが床で身を捩《よじ》っていた。

「ばふん……」

ばふんは立ち上がる途中、笑いながら俺の肩を力強く叩《たた》き、また笑った。

「いやあ、大したモンだよ、チョ松さん。俺は途中から笑うのを堪《こら》えるのに、死にそうになったよ」

「ねえ、そんな話はいいから。おばあさん止めなくて良いのかな」

「大丈夫大丈夫、あの婆さんは死にゃしないよ。ああいうのに限ってしぶといんだ。明日《あした》になりゃ、ケロッと全部忘れちまってるに決まってるよ」

「でも、心配だぜ」

「放っとけ、放っとけ。それよりも、おい俺はこいつを貰《もら》うぜ」

ばふんは壁際の書棚らしきものに近づくと並べてあった怪獣のフィギュアをポケットに入れ始めた。

「あれ、なにやってんの」

「まあまあ、ちょっとな余禄《よろく》だよ余禄。小芝居を打ったんだからさ」

「えぇ～。いいのかなあ」

「まあまあ。それにあのキリンの小便みたいなのを飲まされた慰謝料だよ」

ばふんのポケットはたちまち膨らんだ。

「ショップに売りゃ、飲み代の一回分にはなるぜ」

「はあ。そうかなあ」

そうさ……と云いながらばふんが棚から離れ、戸口に向かった。

と、そこで上の方から老婆の〈急いでるんだから！〉と喚《わめ》く声が聞こえた。

「止めてこなくて大丈夫かな」

「大丈夫、大丈夫だよ」

ばふんはそのまま戸口から外に出ようとして何かにぶつかり尻餅《しりもち》をついた。

戸がゆっくり開きクイーンサイズのマットレスのような物が押し込まれてきた。

ばふんも俺もぼうっとそれを見るよりなかった。なにしろあまりにパンパン過ぎて戸には隙間が全くなかったからだ。

「な……なんだ」ばふんが呻いた。

やがてそれが人だということがわかった。ゴリラのような躰をした男がぼんやりと俺たちを見つめていた。ごつごつした顔は焦げたシュークリームを思わせ、薄汚れたTシャツの胸元がタイヤを突っ込んだみたいに膨らんでいた。

「なにしてる?」ゴリラは、尻餅をついたばふんの周りに散らばった怪獣を指差した。

「そいつはイチローと俺のものだ」

「あ、あっ、そうか」ばふんは立ち上がると怪獣を拾い集め、棚に戻すと照れ笑いした。「すまんすまん、ははは」

「それは俺とイチローのものだよ」

男は戸口に突っ立ったまんまだった。目玉は小さく、何を考えているのかわからなかった。ただ袖《そで》から出ている腕は俺の太股《ふともも》ぐらいあり、筋肉が固まった波のようにうねっている。拳《こぶし》が異様にでかい。あんなもので殴られたらさぞかし痛いに違いない。

「なぜ、おまえが持って行こうとするんだよ」

「あ、おばちゃんがくれたんだ。でも、もういい。俺たちは帰らなくちゃ。ははは。誤解だ、誤解」

ばふんが俺に目配《めくば》せすると男の脇をどうにかすり抜けようとした。

するとと男の腕が動き、ばふんを押した。ばふんは俺の近くまで吹っ飛んできた。

「なにすんだよ」

「おまえたち、ここを公衆便所か何かだと思ってるのか？　ここは俺のママの家だ。ママの家で何をしてる」そう云いながら男がのっそりと入ってきた。影が壁に大きく伸びる。

「だから誤解なんだよ。なんでもない、なんでもないんだ。大丈夫。問題なしだ」

ばふんは立ち上がり手を振って、出ようとしたが、男が腕を掴《つか》み、部屋のなかに押し戻す。

「なにすんですか。ちょっとやめてくださいよ」

「そうなんです。ほんと、ちょっとも悪いことする気はないんです」俺も口を開いた。

が、ゴリラは表情ひとつ変えなかった。

「夜中にママの家で何をしてる」

「だからさあ、なんにもしてないじゃん。もう帰してくれよ」ばふんが叫ぶ。

と、背後で物音がし、老婆が去った後ろのドアからもう一匹現れた。全く同じ体格の男で顔もそっくりだった。そいつは俺たちに立ち塞《ふさ》がっている男を見遣《みや》った。

「ジロー。ママ泣いてる。死ぬって」

「死ぬ？」

「ああ、なんだか地獄で誰かと会う約束があるとか、ないとか……」

その男は老婆同様、割烹着《かっぽうぎ》のようなパジャマを着ていたが、やはり拳がひどく大きかった。きっとこの兄弟は何かを殴るために生まれてきたんだ。

「畜生……。またおかしくなりやがったな」

「ジロー、こいつらなんだ？」

男が俺たちに歯を剝《む》きだした。ビー玉のような小さな目に昏《くら》い炎が揺れていた。こいつはジローよりも残忍な感じがした。

「俺たちの神様を盗もうとしてたんだ」

「なに」そう云うとイチローもなかに入ってきた。俺たちがいなくても、それだけで部屋のなかがパンパンになったろう。

「おまえ。なぜ俺たちの神様を盗むのだ」

「だから俺たちは何も盗んだりしないいって。さっきからそう云ってるんですけどね」

「なんだ、ジロー。おまえはまた嘘をついたのか」

「嘘じゃない。こいつのポケットから神様が転がり出た。俺は見た」

「だが、こいつはおまえが俺に嘘をついたと云っている」

「こいつが嘘つきなんだよ、イチロー」

ジローはばふんを指差した。魚肉ソーセージのように太い指が宙で震えていた。

「そうかそうか」イチローもジローも俺たちより頭ひとつでかく、幅は倍はあった。イチローは怪獣を戻した棚を一瞥《いちべつ》した。「確かに神様が倒れている。これは誰かが慌てて置いた証拠だな。ジローはこんなことはしない。俺がママの部屋に行くときも神様はちゃんと並べてあった。そういったことを、ここの状況から引き算するとおまえたちが弄《いじ》くったことは数学的に証明できる。こいつは今、俺に嘘をついたんだな」

「ごめん。とにかく俺、忙しいんで……」ばふんは思い立ったようにジローの横をすり抜けようとした。そのときも「朝早いから……」とかなんとか呟《つぶや》いていた。

突然、ジローの腕がギロチンのようにばふん目がけて振り下ろされた。生木を折ったような音がし、ばふんは墜落したように床に叩き付けられた。

目を大きく見開いて、ばふんは殴られた背中に手を当てようとしながら床を転げ回った。顔が充血し、次第に口の端に泡が噴き出した。

「背中をさすってやれ」

背後のイチローの言葉に俺は、ばふんに取り付き、云われた通りにした。

「おまえ、正直に話せ。全部」

ジローがばふんの手のひらをサンダルで踏み付けた。焼き鏝《ごて》を当てられたようにばふんは片身を起こし、丸太のような足を拳固《げんこ》で殴りつけた、が、足は根が生えたようにびくともしなかった。ばふんは悲鳴をあげた。

「ずるいぞ、ジロー。ならば俺は目に指を入れてみる」

イチローがばふんの顎《あご》を摑むと人差し指を眼窩《がんか》に差し込み、根元までずぶずぶと突き入れた。

全身の毛が逆立つような悲鳴があがった。

「よせ！」

俺はイチローに体当たりし、部屋の隅にまで撥《は》ね飛ばされた。変な瓶に投げ出された足首が当たり、火箸《ひばし》を突っ込まれたような激痛が走った。

「よせ！　やめろ！　もうよせ‼」

懸命に首を振るばふんの絶叫がし、残った目玉にもイチローの指が沈んだ。

俺は顔を背けた。

「うわあ」ばふんの顔に真っ赤な穴がふたつ、ぽっかりと空いていた。「あああ……見えない……だめだ……もう真っ暗だ。なんにも……ない」

喚くばふんを残して、イチローは立ち上がった。

「なんだよ？　マジかよ？」ばふんは叫ぶ。「こんなの……こんなのなんだよ！」

「しっかりしろ」ジローが、ばふんの頭を殴りつけた。「なんだ目玉が潰《つぶ》れたぐらい」

イチローが俺を見ながら濡《ぬ》れた指を口に含み、ポッと勢いよく抜いた。

奴はにっこりしたが、俺は反応できなかった。

「だめだ……ひどい……みえない……こんなこんなことってあるのかよ！　なんでだよ！　どうしてだよ！」両の穴から血の涙を流したばふんが腑《ふ》を絞り上げるように喘《あえ》ぐ。「どうしてだよ！　どうしてだよぉ！」

それをまたイチローが殴りつけ、ジローがばふんのズボンを引き下ろしにかかった。

「あれ？　なんだこいつ、ははは」

「ありゃ、なんだろ？　ははは」

ふたりは半剝けになったばふんのパンツを見てゲラゲラ笑った。ばふんは何故か白地に水玉のパンツを穿《は》いていた。

「こんなイカしたパンツの奴は初めてだな!?　ジローー」

「ほんとだな。こんなにファンシーな奴にはお目に掛かったことがないな、イチローー」

ふたりは片手を派手に宙で合わせて音を立てた。

ばふんが「ふざけるな！」と喚《わめ》く。

「よせ！　もうよせ！」俺は立ち上がった。

「なら静かにさせろ。次は足か腕を反対側に折り曲げる」ジローがばふんを蹴《け》る。

「ばふん、出よう。医者に行くんだ」俺が声を掛けると、ばふんは縋《すが》ってきた。

「サトル！　なんでだよ？　なんでこんなことになっちまったんだよ。狂ってる！

あいつら狂ってる！」

「とにかく医者に行こう。医者だ」

俺は、ばふんを立ち上がらせると肩を貸しながら外に出た。

ドアの前に立つジローの脇を通り過ぎるとき、イチローが割烹着パジャマの裾《すそ》から短い鰹節《かつおぶし》のようなものを振っているのが見えた。勃起《ぼっき》したチンポコだった。

「ばいばい」イチローは手を振った。

俺たちが外に出ると乱暴にドアが閉じられ、野獣のようなふたりの奇声がなかから上がった。

「なあ、俺、なんにも見えないよ。サトル、俺、本当に見えない。もう駄目だ」

「大丈夫だよ。病院で治して貰《もら》おう。痛くはないのか」

「痛いよ。痛いけれど、それより見えない方が怖い」

目を潰されるとみんなそうなるのかわからないけれど、ばふんはちゃんと立って歩けなくなっていた。なんだか右とか左とかにぐいぐいと躰《からだ》を持って行かれてしまうようなそんな妙な歩き方で、凄《すご》く歩きづらかった。

「なあ、信じられねえよ。なんなんだよ、あいつら。人の目をなんだと思ってやがるんだよ。爪か髪の毛だとでも思ってやがるのかな」

「わからない、わからないよ」

「もう見えない。耳も聞こえない。どうなっちゃってるんだろう、俺は死ぬのかな。死んだ方がましかな？　ああ、なんだか息も詰まってきた。怖い！　怖いよ、サトル」

「大通りに出たらタクシーを拾おう」

でも、タクシーはなかなか来なかったし、俺は全くこの辺りの土地勘がなかった。俺たちはそれから一時間以上も、うろうろしなければならなかったんだ。

「サトル、治るかな？　治るよな？」

「治るよ。大丈夫だよ。奴らだって本気で潰しゃしないよ。ちょっと強くふざけただけさ」

「そうだよな。ちょっとふざけただけの人間の目玉を平気で潰すような人間はいないよな」

「いないよ。大丈夫だよ」

「今度は俺を助けてくれよな、サトル」

「助ける。助けるよ」

「治るよな。またエロビデオ見たり、女のパンチラ見たり、パチンコとかできるよな」

「できる。できるよ」

「治るよな？　絶対。俺やだよ、最後に見たのがおまえの顔なんて」

「治るよ。大丈夫だよ」


ばふんの目は完全に失明してしまった。

俺はやっとタクシーを摑《つか》まえたが運転手は、ばふんの怪我に恐れをなして逃げてしまった。俺はコンビニでサングラスを買うとばふんにかけさせ、それでようやくタクシーに乗ることが出来、病院に運んだ。

病院では医者からばふんの怪我の理由をあれこれと根掘り葉掘りされたが、本当の事は云わず、酔っ払って植え込みに突っ込んだと云った。本当の事はばふんが云いたければ云うだろうし、本当のところ双子のやったことは最悪だが、俺たちのやったことも褒められることではなかった。

あれから十年、ばふんはすっかり白髪になり、ボロ屑《くず》のようなジジイになったけれど、毎日、俺の部屋を訪れる。あいつらに自分たちがどんなにひどいことをしたか思い知らせるためだ。俺はばふんを連れ、あの双子と老婆の家まで行く。ばふんはそこで気が済むまで立ち尽くす、時には罵声《ばせい》を浴びせることもある。

俺もばふんも相変わらず野良犬のような暮らしをしているけれど、あの家へのお百度参りは、奇妙な言い草だけれどばふんに生活の張りを与えているような気がする。

毎日、ばふんは俺の部屋のドアをこつこつと叩《たた》く。

たまに俺は居留守を使う。

すると、ばふんはずっと二、三時間は穴の空いた目で俺の部屋のドアを睨《にら》んでいる。

そんなとき、少しでも物音を立てると、またドアがノックされる。強くは叩かない、ほとほとと、くどいぐらいに何度も叩かれるだけだ。

ばふんはあの双子と老婆を呪い殺すために家の前に立っているのだという。それだけが今の自分の唯一の願いなのだと。

しかし、あの一帯はとうの昔に解体され更地になって久しい。
ばふんは更地を睨み続ける。
どうしてあのとき、水玉のパンツなんか穿いていたのかは、訊《き》けずにいる。

# 或るからっぽの死

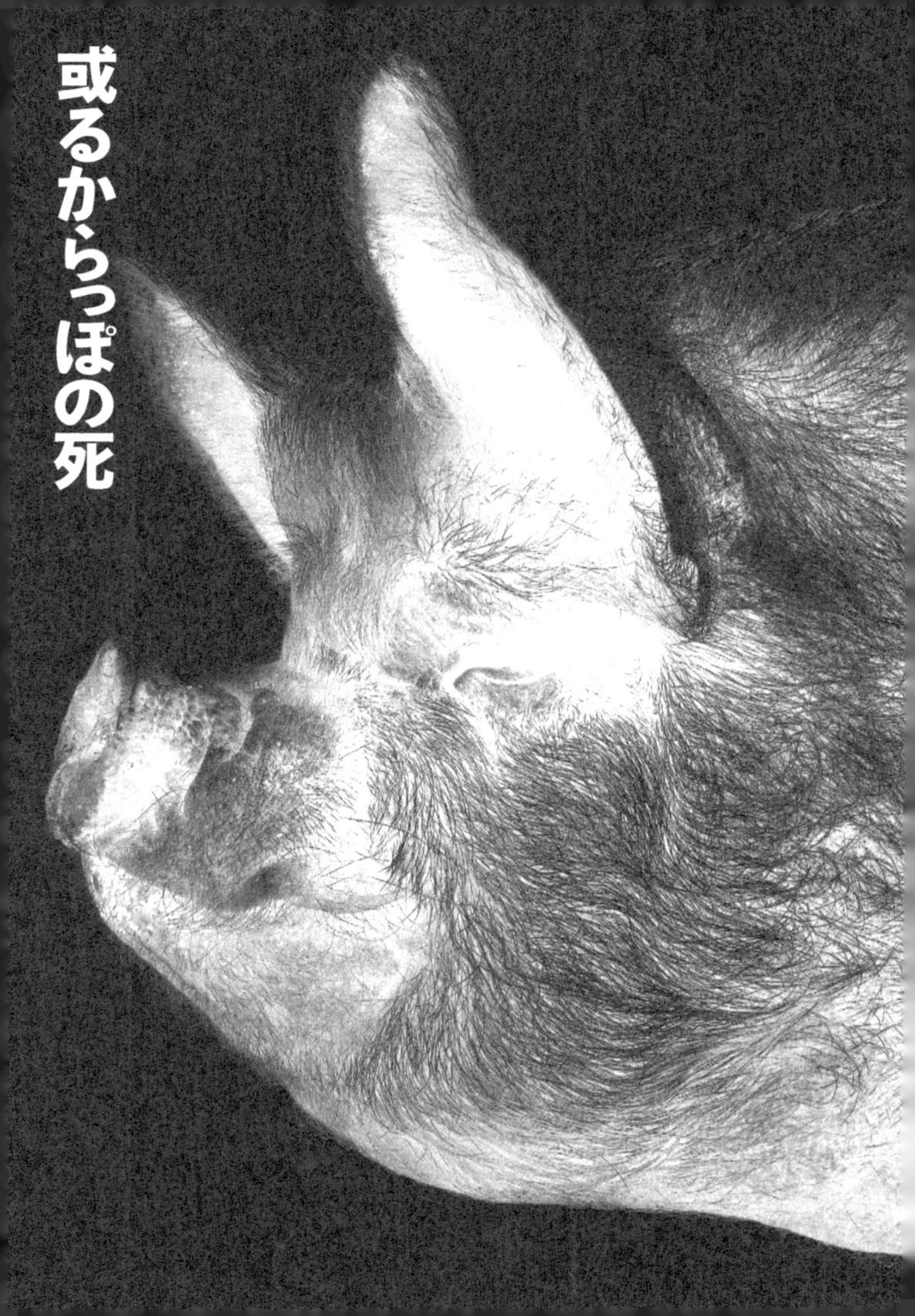

たとえ自分自身や人様にはわからなくても、やっぱり命には意味があって、それはとても尊くて大切にしなくちゃならないものだっていうのは嘘だよ。それは建前であって謂《い》わば、『廊下を走るな』とか『税金の無駄遣いはしません』とかいうのと同じものなんだな。そうでも言っておかないと、世の中っていうやつがこれまで積み上げてきたいろいろなもろもろが崩れちまう。俺たちとは一生付き合うこともないような連中が親や他人から掻《か》き集めたチップでできているのが、この世の中だ。ホテルもデパートも車も家も、みんなよく見てみりゃ赤い小さな十円玉みたいなチップでできているのさ、原料は優しくて素直で莫迦《ばか》な善人の血。

とはいえ、こんな話は与太だと決めつけたいのもわかる。だって俺が言っているのは、下手すりゃあんたの命も意味がないって言ってるようなもんだからね。でも、安心してくれ、あんたの命の話をしてるんじゃないんだ。そういう命もあるっていうこと。そして、それがたまたま俺の命だっていうことを言いたかったのさ。

近視や遠視になった人ならわかって貰《もら》えると思うけど、見ようと思ったものが〈うすらぼける〉ってことがあるよね。俺もそうだった。ただ普通の人がそんな風になるのが大体、中学三年だったり、高校に入ってからだったりするのに比べて、俺は生まれつきだった。

おふくろはずいぶんと心配をして、俺をあっちの眼科、こっちの眼科へと引っ張り回し、その度に俺はあの黒いお玉みたいなもので片目塞《ふさ》いで、壁にかかったCの字の隙間を〈右〉〈左〉〈上〉〈下〉とやったもんだ。で、結果はどこの眼科でも『異常なし』。これには高校しか行ってないおふくろも仰天してた。だって俺は見えないって言ってるのに、医者は見えるって診断してるんだからね。

あれは小学校の五年生になった頃だったかな。ある医者が「きっと目の問題じゃなくて脳の問題だと思います」てなことを言ったから、おふくろは更に気に病んじまってね。今度は関東近県の脳神経系の医者に片っ端から俺を連れて歩くようになった。あれは嫌だったたな。なんでかっていうと一回の検査のたびに肩に筋肉注射をするんだよ。なんの注射だったかなんてことは餓鬼の俺にはわからなかったけれど、軀《からだ》がじわっと熱くなるよって、どの看護師も必ず言うんだな。それで注射針が皮を貫いて筋肉に刺さるまではいいんだけど、そこから薬液がじゅわっと押し込まれるのが痛いんだ、なんだか筋肉の筋と筋の間に無理矢理、溶けた硝子《ガラス》を流し込まれているみたいな感じでさ。

で、そんな俺の我慢も、息子を何とか治したいっていうおふくろの気持ちも木っ端くずのように吹き飛んで、俺はどこの医者に行っても折り紙付きの『異常なし』だったんだ。病院の玄関先で帰りのバスを待っている間は嫌だったな。おふくろは口の中でそれこそ念仏みたいに『どうしてだろう。どうしてだろう』ってくりかえし、俺は俺でやっぱり見えないものは見えないわけで、返事のしようがない。でも、本当は俺にはわかっていたんだな。自分は見えないんじゃなくて、見えないものと見えるものとがある病気《びょうけ》だってことに。

俺の目は妙な具合になっていた。はっきり言うと、見えたり見えなかったりするのは人間だけだった。物は見える。それこそ昼寝していりゃ、犬の尻《しり》の穴だって公園の入口から拝むことができた。ところが人間がだめだったんだ。いつから始まっていたのかはわからない、だけど何か変だなと思ったのは憶《おぼ》えている。うちは市バスの停留所の前で小さなラーメン屋をやっていたんだけど、俺が五つぐらいのときまで見習いの兄チャンが住み込みで働いていたんだ。静岡のほうから中学を出て上京。なんでうちみたいな小さなラーメン屋に就職したかっていうと新聞の三行広告に載っていた中で一番、東京に近かったからっていうのが理由だった。五人兄弟の二番目だという兄チャンは子どもの面倒を見るのが上手だった。店が忙しいときはいつも放り出されていた俺は、兄チャンの後を追っかけ回してかまってくれとねだった。

その頃によく思っていたのは、大人っていうのは、薄ぼんやりしたもんだということだった。もちろん、自分の話をちゃんと聞いてくれるような大人は別だ。その人たちはちゃんとしてる。目も鼻も口もちゃんとある。それ以外の、道をただ歩いているような大人たちはほとんど姿が白い靄《もや》のような感じだった。

一度、兄チャンにそれを話したことがある。俺は『どうして大人っていうのはぼやけているのか』と訊《たず》ねたんだな。たぶん兄チャンは俺の言う意味が最後までわからなかったんだと思う。俺の話を聞いた兄チャンは『それはお前がまだ子どもだからだ』と言ったんだ。でも、そういう抽象的な意味じゃなかった。俺が言ったのは本当にぼんやりしてるのは何故なんだということだった。そしてそうした目の異常は成長するにつれ悪化していったのか俺が小学校に入る頃には、かなりな異常事態となっていた。俺はその時点で学んだのは、ぼんやりしているのは大人だけじゃないこと、また見えていない奴がずっと見えていないわけではないこと。見えている奴もずっと見えているわけじゃないこと。

つまり俺の前にはふた通りの人間が存在していた。ひとつは普通に見える人間、もうひとつは顔や手足のない人間。つまり、そいつらは通常、服だけの存在となる。映画に出てくる透明人間みたいなもんだな。

学校は俺にとって文字通りお化け屋敷だった。

まず登校中からしてふわふわと宙に浮く服だけが群れをなしている。それは子どもだけではないからスーツやブラウスなどもバス停の前で浮いている。黒い合成皮革のランドセルが浮いて移動する。風に流されるように帽子や半袖《はんそで》のシャツが滑空していく。しかし、なかには一瞬、顔が見える者もいる。まるで照明のスイッチをパチッと入れたみたいに、瞬間、顔がはっきりし、また白くなるとぼんやりと輪郭が薄れ、やがて透明になっていく。

一度、駅前のスクランブル交差点をおふくろと歩いていて失神しかけた。なぜならこちらに向かってくる宙に浮いた服の上で人間の顔がぱちぱち現れたり消えたりを繰り返したからだ。まるで顔のネオンサインのようで、そのあまりのグロテスクさに理解が追いついていかなかったのだと思う。

俺は二日ほど入院し、そこでおふくろが俺の目について気がついた。医者はいろいろ検査したけれど、結果は異常なし。心因性ショックということで帰された。思うに、人っていうのは不安がちゃんとした形を取らないとだめなんだな。その頃から目に見えておふくろの様子が普通じゃなくなっちまった。もともと小さなラーメン屋なんだ。それほど懐の温かいもんじゃない。おやじにしたっておふくろの働きをあてにして始めたのに息子を連れて朝からあっちこっちの病院を行き来しては銭を使ってくる。

あるとき、ふと見るとおやじが変だった。

いつもと同じ、カウンターの向こう側で寸胴鍋《ずんどうなべ》に湯を沸かし、丸太を切った分厚いまな板の上で餃子《ギョウザ》の具材であるキャベツを刻んでいたおやじだったけれど、姿が〈よく見えなくなっていた〉。今まではちゃんとした人間であったのに、なんだか輪郭がぼけて水墨画のように頼りなくなっていた。耳の縁とか唇のあたりなどはもう溶けていて、全体的な色が薄れていた。

「どうだったんだ」

しばらくして、おやじはいつもと変わらぬ様子で声を掛けてきたけれど、俺は返事ができなかった。

その日から、おやじはどんどんどんどん姿が薄くなり、その年の暮れにはすっかり顔がなくなってしまった。

不思議なことに俺は薄くなっていったおやじに以前と同じように接することができなくなっていた。

おやじはそんな息子の変化に戸惑いながらも、やはり口数が減り、俺たちは当たり障りのないやりとりだけをする関係になっていた。

そんなとき、いつものようにおふくろが俺を病院に連れ出そうとすると、不意におやじが怒鳴った。

「もういいんじゃないか！」

振り返るとカウンターの向こうにコックの白衣だけが浮いていた。

「なにが」

おふくろが問い返した。

「いつまでもできないだろう。そういうこと」

「そういうことって？」

「やつの病気だ。見えるとか見えないとかの。目玉の病気じゃないっていうじゃないか。だったら……」

「だったら、なに？」

「だったら……。きりないじゃないか。いくらかかると思ってるんだ。いい加減にしてくれ」

おふくろは文字通り、あんぐりと口を開け、カウンターの向こうに浮いている白衣をにらみつけた。

「きり？　きりってなに？　あなたはこの子が一生、このままでいいと思っているわけ？」

「お医者がわからないというものを、俺たちがどうにかできるわけじゃないだろう。それよりも、ちゃんと生活のことを考えろ。おまえがいないから出前も取れねえ。先月も今月も赤字続きだ。その上、銭が次から次へと出ていくばかりだ。この店はどうなる」

「お客が減るのまでこの子のせいにしないでよ」

「そうじゃない。俺は少しは地道に考えろって言ってるんだ」

俺はカウンターのど真ん中で右へ左へと揺れる白衣を眺めていた。そこにかつてのおやじはいなかった。

おふくろはきっと俺を見ると、カウンターの向こうを指さした。

「あそこに何が見えるのか言ってごらん」

まるでおふくろは、俺がおやじが見えていないのがわかっているかのようだった。

「お言い。あそこにいる人の顔があんたにはどう見えるのかを」

その瞬間、白衣がぴたりと宙で止まり、見る見るうちに首が生え、手足が戻ってきた。そこには懐かしいおやじの顔があった。

「見えるよ。ちゃんと見えた。おやじがいる」

俺の言葉におやじはほっとしたようだった。おふくろは唇を紫色に変えたまま、おやじを睨《にら》みつけていた。俺の言葉がおやじを肯定して聞こえたからといって、親同士の関係が改善されたわけではなかった。

おふくろは相も変わらず俺を病院に連れて回り、おやじはひとりで店を賄い続けた。冬のある日、俺が下に降りると空中に白衣が浮いていた。おやじが首を括《くく》っていたんだ。

おやじが死ぬとラーメン屋は廃業となった。すると、おふくろは俺を連れて歩くことはしなくなった。俺はまた学校に通い始め、薄い奴やからっぽの透明人間は相手にせず、見える者だけを友達として暮らしていた。

その頃になると俺は自分に起きていることが理解できるようになった。どうやら、俺は自分に好意であれ悪感情であれ、関心を強く向けている者が見えるらしい。見える時間は相手の関心の強さにダイレクトに比例する。つまり強い関心を持っていれば長く、そうでない場合には一瞬で消える。その様は豆電球がパッと点灯して消えるに等しく、故に雑踏の中などでは俺に近づいて注視するたびにそいつの顔がパッと浮かび、通り過ぎる間際に関心を失うので消える、を繰り返すので、ちらちらと明滅するランプのさなかに身を置いているような気になる。光の明滅で失神する子どもがいるという話だが、俺に言わせれば無味乾燥な光の明滅より、表情をもった人間の顔の明滅のほうがよほど神経を逆なでされる。

顔が見えなければ日常生活にさぞ支障がでるだろうとみな思うようだが、実際はさほどでもない。時と場所を選べばたいていの問題は回避される。俺はおやじが死んだのを機に、自分の生き方のようなものを積極的に模索し始めた。まず学校生活だが、これはクラスメートである限りは全くの透明ということはなかった。但し、限りなく紙っぺらに近いのっぺらぼうや、モノクロのような顔色のものはいた。それにみな、服を着ているのだからそれを目印に避《よ》ければ衝突するなどということは避けられた。問題は相手の細かな表情ということになるが、相手が自分に何らかの感情をもっているのであれば、表情ははっきりと浮かぶので問題はない。

一度、試しに銭湯へ行ったことがあったが、あのときのことははっきりと覚えている。風呂桶《ふろおけ》やシャワーは出ているのに人間がひとりもいなかったのだ。もちろん、それは自分の目の問題だということはわかっていたが、それでもさすがに気持ちが悪かった。その頃から、俺は水泳の授業も青や黒の袋が動き回るさまが不快で休むようになった。

俺は自分の目のことを誰にも話さなかった。それを告白してまでつきあう気もなかったし、友人も必要なかった。しかし、その代わりと言ってはなんだが、写真に凝り出した。

写真の面白さは自分が決して見ることのできない人間の表情がそこにありありと浮かび上がることにある。

例えば公園の日だまりに子犬と小さなスカートが並んでいる。それに向かってシャッターを切る。するとデジカメのモニターには少女と子犬の姿が鮮明に浮かび上がる。俺はそうして浮かび上がる人の顔を一種の炙《あぶ》り出しを見る思いで楽しんだ。

俺はありとあらゆる人物を撮りまくり、それらをアルバムに収めた。普段見ることのない人間の個性的な顔と表情の豊かさは俺にかつてない感動を与えた。

高校を卒業する頃になって、おふくろは忽然《こつぜん》と姿を消してしまった。正確には家出をしたのである。朝、起きるとテーブルの上に細々した書き置きがあり、おふくろは身の回りのものをまとめていなくなっていた。

しかし、俺は驚きはしたが絶望や悲嘆にくれたりはしなかった。なぜなら、その数週間前からおふくろは俺に関心を示さなくなり、〈薄まっていた〉からだった。

おふくろは普段と変わらぬように装いながら、どんどん姿が薄まっていった。夕食、ご飯をよそうとき、汚れ物を手にした彼女と廊下ですれ違うとき、テレビをぼんやりと眺めているとき、その全てにおいておふくろは色褪《いろあ》せていった。

俺はおふくろが何故、自分に興味を失ったのか詮索《せんさく》する気はなかった。そんなことをしても戻るものではないと決めつけてしまっていたし、薄まった彼女もまた俺のなかで急速に意味を失いつつあった。

おふくろは高額とは言えないまでも、ある程度、まとまった貯金を俺に残してくれていた。

高校を卒業するとき、担任は親のいない俺に駅前の大型書店での就職口を見つけてきてくれたが、俺はそれを断り、隣町にあるカメラ屋にバイトで雇って貰《もら》った。そこは年老いた主《あるじ》がひとりでやっている店で、主に中古の機材を扱っていた。俺は大勢のなかで働くことは避けたかったし、そこなら好きなカメラに存分に触れていられると思ったんだ。

そのうちに俺は主の勧めで撮ったものをコンテストに送るようになった。『キミの撮る写真は味がある』というのが理由だったけれども、実際、佳作とか入選するものの全てが人物の写真だった。顔のわからない人間の撮ったものが評価されるなんて皮肉なものだとおかしくもなった。

特に俺は子どもの写真が評価された。子どもというのは面白いもので何にでも興味があるから表情がハッキリ見える。但し、気分も移ろいやすいので目の前をボールがひとつ転がっただけでも顔が消えたりする。俺もそんな変化を楽しいと思いながらシャッターを押すのだ。あの頃は今と違って、他人の子にレンズを向けても咎《とが》めだてする親が少なかった。

俺はカメラ屋の主が店を畳んで田舎に越すのだというまでの三年ほどをそこで過ごした。

店仕舞いの日、主は俺に大事にしまっておいた古いライカをくれた。

「わしでは宝の持ち腐れになってしまう。これならもっと良い写真が撮れる」主はそう言った。

俺は職を失った翌日からライカを使い始めた。動作は主がメンテナンスを欠かさなかったおかげで完璧《かんぺき》だった。暫《しばら》くはそのライカで遊ぶことに決め、焦って次の就職口を探すのは止めた。幸い働いていたおかげで、まだおふくろの貯金にはほとんど手をつけていなかった。俺は半年ほどなら、ぶらぶらできるとふんでいた。

それから少しして、撮影会の案内がダイレクトメールで届いたんだ。いくつかの賞に入選していたから、自動的に業者の名簿に組み込まれていたのだろう。水着のモデルを好きな角度から撮影させるという大して面白味もないイベントだった。俺は案内をゴミ箱に投げ入れると、それっきり撮影会のことなぞは忘れてしまっていた。

ところが間もなく申し込みを受け付けたというハガキがやってきた。事務局に問い合わせると、名前の似た人間の申し込みを俺だと勘違いして誤送したのだという。電話口に出た女は恐縮し、すぐキャンセル処理しますと告げたのだが、なぜか俺は自分も参加できるかどうかを訊《たず》ねていた。妙なタイミングというか、偶然を面白がる心が働いたのだと思う。それか会場が海に近いというのに惹《ひ》かれたのかもしれない。

イベントは実に俗っぽく行われた。駅前からマイクロバスに乗せられた客は、そのまま海岸際にあるドライブインへと運ばれた。主催者からの挨拶《あいさつ》と諸注意〈モデルに触るな。撮った写真をインターネットに流すな等々〉が終わると、俺たちは徒歩でだらだらと撮影会場となっている浜へと出かけた。参加している客の年齢も機材も様々だったが、全員が男だった。

浜には白いボードで囲われた小さなスペースがあり、そこでモデルが様々なポーズを取っているようだった。二十歳そこそこのモデルが登場すると、彼女が今年ＣＤデビューする旨のアナウンスが主催者から伝えられ、まばらな拍手が沸いた。

俺の周りではからっぽの服が、からっぽの水着に向かってシャッターを切る音が響いた。時折、俺に視線を向けたときだけモデルの顔がわかる。が、それはきっと電車の窓から風景を眺める類《たぐい》の興味であって、女の顔は暗い部屋でフラッシュを焚《た》いたように、一瞬光ってはすぐに消え、メビウスの輪のようにねじれたビキニが空中を移動するだけとなった。

三人ほどが十五分ぐらいの持ち時間でポーズを決めると撮影タイムの第一弾が終了となり、休憩時間になった。主催者の案内で、再び先ほどのドライブインへ戻ると、紙のチケットが渡され、カレーかラーメンかうどん、そばの注文ができた。

店は開店休業といった感じの寂れたドライブインだった。配膳《はいぜん》口の脇に置かれたウォータークーラーは注ぎ口に錆《さび》がこびりついており、カウンターの上にずらずらと貼られたメニューには、できないものが赤いテープで×とされていた。×は当たり前のように貼られまくり、残ったメニューは十分の一程度でしかなくなっていた。かつては海岸の眺望を楽しむためであったはずの大きなガラスは縁の方から濁り始め、死んだ魚の目玉を思わせた。両脇にまとめられているカーテンは日焼けし、乾いた駱駝《らくだ》の皮のような色になってしまっていた。

俺は自分の番号が呼ばれたのでカウンターに行った。

そこでラーメンを受け取ったのだが、渡した女と目があった。青いTシャツにジーンズ姿の娘は俺を真正面から見、顔を伏せた。俺は席に戻ると薄いスープに顔をしかめながら麺《めん》を啜《すす》った。午後の撮影会の予定を主催者が『お食事をしながらでけっこうでございます……』などと前置きしてから、ぼそぼそ話し始めていた。周囲では、参加者たちが痴漢がばれて連れてこられた同志のような微妙な空気感で座っているようで、話し声も少なく、虚《うつ》ろな服の群れがテーブルの側で浮き続けていた。俺は彼らを避けるようにひとり離れた席にいた。午前中は一枚も撮らなかった。主のライカを用意していた俺は、いくらでも撮り直しのできるデジカメの様なやりかたではなく、撮りたいという積極的な気持ちが動かなければ撮るのは止めようと思っていた。

どうやら午後も同じモデルであることがわかると、俺の中では急にこのイベント自体がどうでも良いことのように感じられてきた。

俺はライカを構えると、店内のあちこちをレンズ越しに眺めた。と、カウンターの配膳口に〈人〉がいた。ライカを構える腕が止まった。さきほどの娘だった。ほとんどの人間が透けたただの空気であるのに、その娘だけはしっかりと顔があり、存在していた。俺は目の錯覚ではないかと思わずレンズを離した。が、娘は依然として人間のままでいて、時折、洗い場から俺を見た。

やがて席を立つ音がすると、服の群れが移動を始めた。午後の撮影が始まるらしかった。俺は椅子に座ったまま娘を見ていた。顔は透けず、彼女は下げられた食器をつまらなそうな顔で流しに運び、洗っていた。

俺は自分のラーメンの丼《どんぶり》を返却口に突っ込むと、そこから娘を観察した。見つめられていることに気づいているはずなのに、娘はこちらを振り向きもしなかった。俺はライカを構えるとシャッターを切った。安っぽい八〇年代の歌謡曲が薄く流れる店内に、シャッター音が派手派手しく響く。その音に驚いた娘は、俺のほうを見ると怒ったような顔になり、手元の食器を流しの汚水のなかへと乱暴に投げ返すと、こちらにやってきた。

「なに？」娘は返却口の向こうに立っていた。

「なにが」

いのよ」

「なに無断で撮ってんの。肖像権ってもんがあるでしょう。勝手に撮って良いわけな

「あんた何で透けないんだよ」

娘はぽかんとした顔になった。

「頭がおかしいのね」

「裏で待ってる」

俺はもう一度シャッターを切ると、店を出て裏口に回った。汚い軽自動車と錆《さ》びたドラム缶があり、タイヤが転がっていた。あちこちに雑草が伸び、うらぶれた場末感を盛り上げていた。サッシのドアがあり、その辺りで俺は煙草に火を点《つ》けた。ドンッと威勢良くドアが開くとからっぽの白衣が青いゴミのペールと一緒に出てきた。俺を一瞥《いちべつ》したとき、一瞬、ぶよついた中年男の顔が浮かんだが、すぐに消えた。サッシが閉まり、その後は何も起きなかった。俺は待ち続けた。娘が出てこないとは思えなかったが、なにごとも期待と予想を裏切るのが世の中だと言うこともわかっていた。

六本吸ったところで俺は背伸びをし、引き上げることにした。自分のしていることに脈があるのかどうか、見極めるのに六本は十分すぎる。俺はしょぼついたドライブインの裏口をライカで撮った。

通りへ出ると、反対側で続けられている撮影会の気配が伝わってきたが、俺は無視して歩き出した。バス停があれば駅まで乗っていこうという気分だった。海岸沿いの道は気分ひとつでやけに寂しくもなる。俺の頭のなかでは何故、あの逢《あ》ったこともない娘が透けなかったのかだけが疑問符となっていた。

突然、背後でけたたましいクラクションの音がし、俺は飛び上がった。振り返ると汚れた軽自動車が真後ろに迫っており、運転席では身を捩《よじ》って笑っている娘の姿があった。

「シニコ。今日、死ぬ女だから、シニコ」

娘は助手席に乗り込んだ俺にそう名乗った。

「俺はからっぽ。からっぽにしか見えないから、からっぽだ」

シニコは俺を真正面から見つめ、再び笑った。

「やっぱ、あんた変わってるわ」

「俺の見た目じゃ、あんたが一番変わってる」

シニコは突然、顔を寄せ、俺にキスをした。

「あたし、売女《ばいた》だから。淫乱《いんらん》で、卑怯《ひきよう》で、屑《くず》だから、絶対、好きになっちゃだめよ。

いい？　それだけはお願い。嫌って憎んでくれるなら夜中まで付き合ってあげる」

「いきなり難しい話だな。あんたそれほど悪くないし」

「なら帰るわ。さよなら」

「それは困る。頑張ってみる」

「ちゃんとやってよね。良い？　夜中までにちゃんとあたしを殺したいほど憎いと思って。お願いよ」

「わかったよ」

俺が頷《うなず》くと、シニコはもう一度キスをした。チョコでもそばにあったら、ぐだんぐだんになるような熱いキスだった。

「ねえ、あんたはキスって言う？　うちの親父、キッスって言うのよ。それってダサイんでしょ？」

「どうだろ。歳によるんじゃないか」

「フィリピンをフイリッピン。リモコンをアンテナっていうのよ。そんなのないよね」

「どうでも良いよ、そんなこと」

「莫迦《ばか》ねえ。どうでも良い話しかないじゃない、あたしたち。どうでも良い関係なんだから」

「なんだか俺、あんたのことを嫌えそうな気がしてきた」

「あら、それは良かった。頑張ってね」

シニコはそう言うとスピードを上げ、車を道沿いのラブホテルに放り込んだ。

「これを見て」

部屋に入るなり服を脱いだシニコは腕を俺に向けた。

「あんた着痩《や》せするんだな」

「おっぱいじゃないよ、見るところは」

「莫迦だな。女の裸を目の前にしたら男はおっぱいをまず見るようになってるんだよ。相対性理論だよ」

シニコは黙って近づいてきた。俺の頬が派手な音を立てた。

「痛《いて》ぇ」

「惚《ほ》れた目をするから。嫌ってって言ったじゃん」

「今ので嫌いになったよ」

「それで良い、好きよ」

「あんたは好きになって良いのかよ」

「当たり前じゃん。あたしは自由なんだから」

シニコは俺の耳を摘《つま》みあげ、自分の手首を顔の前に突き出した。ミルフィーユの断面のような傷が走っていた。

「シニコの証拠。シニコは死にたい子なの」手首の傷を俺に擦りつけ、次に腹に手を当てた。抉《えぐ》ったような痕《あと》がある。「ここも」長い髪をたくし上げると頸《くび》の周囲に蚯蚓《みみず》腫《ば》れと削ったような痕。「首も吊《つ》ったし、切ったし……」膝下《ひざした》を指差す。そこにも関節とは別に瘤《こぶ》のように盛りあがった部分があった。「ビルからも飛んだの」

シニコはベッドに倒れ込むと、布団に潜り込んだ。

「でも死ねないの」

俺はなんと言っていいのかわからず、莫迦になって立っていた。

「なんか言いなよ」

「なんて言って欲しいんだ」

「……シネ」

シニコは布団を目元まで引き上げ、隙間から覗《のぞ》くようにした。

俺はライカを肩から外し、テーブルの上に置いた。

「やだよ」

「愚図、臆病者《おくびょう》」

「それだけ死のうとして死ねないんだから、生きていたらどうなんだ」

「だめ、それは無理」

「なぜ」

「だってそういう風にできてしまっているんだもの。あたしは自分で自分を殺すようにできてんの。今まではタイミングが悪かっただけだもん」

「なら、ずっとタイミングが悪いままでいれば良いじゃないか」

「それがそうもいかない。とうとう出番が来たんだから」

俺は溜息《ためいき》をつき、シニコにちゃんとものを考えられる時間を与えた。

「なあ、俺たちの会話って支離滅裂だ。わかってるのか？　まともじゃないよ。ここにこうしているのもまともじゃない。俺はあんたを気に入っているし、あんたもそうだろ？　だったらもうちょっと、ましな自己紹介というか、解り合い方っていうのを考えようじゃないか」

「あんた、目がきれいだよ、からっぽ」シニコが顔を出した。泣いていた。「汚いものを見ずに済んだんだね。だから、そんなきれいな目をしていられるんだね」

「残念だけど、ありがとうと言える心境じゃないな」

「抱いてよ」

俺は、やれやれと首を振り、ベッドに飛び込んだ。

シニコは名前とは打って変わって、生き生きとした激しいセックスをする女だった。俺たちがやる他人を使った自慰みたいなやつじゃなくて、本当の本物のセックスをする女だと俺は思った。大して知っているわけじゃないから保証はできないが。

全身を汗だくにしてシニコは倒れた。それは文字通り死んだようになって動かなくなった。

「あんたが死にたいっていうのは、本当はこのことじゃないのか」

「つまらない皮肉は男を下げるよ、気をつけなよ」

シニコは手をひらひら振り、煙草をねだった。少し咳《せ》き込み、煙を天井の下品なシャンデリアに吹き付けるとシニコはまた泣いた。

「よく泣くな」

「まともなら泣くでしょうに。こんな世の中」

俺は意味もなくその言葉にカチンときた。

「あんたは何だか世の中で一番不幸なのは自分だと思ってるんだな」

「絡《から》むつもり？」

「さぞ気持ちが良いんだろうなと思ってさ。そうやって自分を哀れむのは」

シニコはすっと立ち上がると、ブラジャーに手を伸ばして身につけ、パンティーを穿《は》いた。そしてTシャツを着たのだが、いやにテキパキしているので俺は不安になった。

「なにしてるんだ」

「帰るの」

「どうして」

「あんたカスいもの。つまらない、屑《くず》」

「きれいな目をしてるって言ったじゃないか」

「言ったけどわかったの。あんたの目がきれいなのは、がらんどうだからよ。からっぽってのは比喩《ひゆ》でもなんでもなかったのね」

「折角、寝たのに」

「あんなの暇つぶしよ。良い暇つぶしになったじゃない」

ジーパンを穿き終えたシニコはドアに向かった。

「待てよ」

待つはずがない、俺は先回りする形でドアの前に立ちはだかった。シニコは俺を見て笑顔になった。ボグッと筋肉が鈍く鳴ると、俺はゲロを吐きそうになった。軀《からだ》がくの字になり、膝をついていた。キンタマを蹴《け》り上げられたのだとわかったのは、それからだった。

内ドアが開けられ、シニコはその奥にある外へのドアに取り付いていた。立ち上がりシニコに向かったとき、ドアが開くのが見えた。俺はシニコの後ろ髪を摑《つか》み倒し、喚《わめ》く彼女をそのまま部屋のなかまで引きずり戻した。シニコが全力で俺の手首に嚙《か》みつき、肉が削《そ》げた。俺も喚《わめ》きながら拳《こぶし》をシニコの顔面に叩《たた》き込むと、やっと口が離れた。電話が鳴った。俺とシニコは互いに顔を見合わせた。

「もしもし」

『お客様、なにかトラブルでも』太くて不愉快そうな男の声が聞こえてきた。

「いいえ」

『なら、おまえら、もう去《い》ねや』電話が派手な音をたて切れた。

俺たちはそれには逆らわず、何故か仲良くシニコの車に戻ると、打って変わってチヨロいスピードでドライブを続けた。

ドライブスルーで買った三年履いたサラリーマンの靴のソールのようなハンバーガーを甘いゲロのようなシェイクで流し込みながら、俺は自分の目の話をした。シニコは車内に籠《こ》もったソールのパテの臭いのせいではなく、純粋に俺の話で鼻をぐずつかせていた。俺にはそれが莫迦《ばか》に嬉《うれ》しかった。

「あんたも壊れ者だね。あたしと同じだ」

「どうかな？　でもあんたの気持ちは良くわかるよ」

「それはもう死んだも同然だからよ」

俺はふーんと判ったような返事をし、バーガーの包み紙を手の中でくしゃくしゃに丸めると、後ろも見ずにバックシートに放り投げた。シニコは何も言わなかった。ますます俺は奴のことが気に入った。

「で、あんたはなんで俺のことをジッと見ていたのさ」

シニコは暫《しばら》く黙って運転を続けていた。口を開いたのは信号を三つ、歩道橋を二つやり過ごしてからだった。

「あんた、昔好きだった人にそっくりだったのよ」

「ふざけてんのか」

「冗談よ、忘れなさいな」

シニコはそう言って、また俺の頬を叩いたが、今度は優しかった。俺にはシニコが本当のことを言ったんだと感じられた。

俺たちはそれからまた別のラブホテルに行き、またやった。今度は喧嘩《けんか》はしなかった。俺も下手なことを言ってシニコを混ぜっ返さなかったし、シニコもシニカルなことを言って面白がったりはしなかった。そう、まるで普通のカップルが週末ドライブの後に寄ったような感じで過ごしたんだ。

「あんたイイ男ね」

「おまえもイイ女だよ」

俺たちは適当に二時間の休憩時間を過ごすと、また車に乗った。外に出ると真っ暗だった。時間は午後七時を過ぎていた。シニコは携帯で誰かと話していた。終わると俺の顔を見て「おやじよ」と呟《つぶや》いた。「逃げ出したりしてないか心配しているの」

「なにをだよ」

「シニコがイキコにならないかよ。それだけが心配」

「わからないな、なんであんたが死ななきゃなんないんだ。死んだらイイ奴なんか他にも腐るほどいるだろうに」

「だめよ、説得なんかされない。そんなのはもうずっと聞かされてきて、飽き飽きしているの」

「なら理由を教えろよ」

「あたしにはないわ。何もない。言ったでしょう。あたしはそういう風にできてしまっているの。あんたの目ん玉とおんなじ」

俺はそのことについてこそ話し合いたかったが、シニコには全くその気がないこともわかっていた。俺が釣りたい獲物には時期尚早ということだ。なら話を合わせるしかないじゃないか。

「あんたの事情はわかった。ほんとはわからないけどな。なら誰になら、あんたが死ななきゃならない理由があるっていうんだ」

「おやじよ。おやじと拓也《たくや》と伸也《しんや》と正也《まさや》にはあるわ」

「なんだそりゃ」

「ホテルで話すわよ」

シニコはそう言い放つと、またぞろラブホを探し始め、車を俺ごと放り込んだ。

「拓也と伸也と正也っていうのは、あたしの弟なの。出来が良いのよ。手首切ったり、首吊《つ》ったりしないしね。おやじやおふくろの手伝いをちゃんとしてたわ」裸でベッドに寝転がったシニコが呟く。

「手伝いって、あのドライブインのか」

「そう。三つ子なの。拓也なんか小学三年生のときに『虎カレー』なんてのを発明して、新聞の地方欄に載ったりしたんだから」

「虎カレー？」

「カレーの上にお好み焼きみたいにシャッシャッシャッて、きれいにウスターソースで線を引くのよ。カレーのルーの黄色とソースの黒で模様が虎っぽいの。阪神《はんしん》ファンとか大喜びで、うちのドライブインの看板メニューになっちゃったんだから」

「なら万々歳じゃないか。なにもあんたが死ぬことはないよ。三人も男がいるんだ。問題ない」

「ところがおやじとおふくろがパチンコにはまっちゃって、微々たる儲《もう》けを食い潰《つぶ》しちゃったのよ。それで、ふたりは喧嘩が絶えなくなって。それで……おふくろ首吊って死んじゃったの。そしたら保険金が下りて、借金が返せたから、あたしたちは家を取られなくて済んだのよ」

　俺はシニコの話を聞きながら、先ほどのドライブインで厨房《ちゅうぼう》を写したときのことを思い出していた。確かにシニコのそばでからっぽの白衣がぼーっとこちら向きに突っ立っていたような気がする。あれがおやじだったのか。

「借金が返せたなら、あちら的には、あんたが死ぬ理由はもうないじゃないか」

　シニコは首を振った。

「あるわ。またパチンコにはまったんだもん」

「またかい。懲りない人だな」

「今度はおやじだけじゃないの、伸也と正也も一緒にはまってしまったのよ。だから、あのドライブインは今日明日にでも取られてしまうかもしれないの。変な業者に」

「放っておけば良いじゃないか。どちらにせよ、流行《はや》ってるようには見えないし、みんなバラバラになったって生きてはいけるさ」

「まあね。それで前に、あたしが自殺未遂をしたとき、おやじと伸也と正也が来てね。どうしても死にたいのかって言うから、死にたいよ。死ぬわよ絶対にって宣言したら、じゃあ、好きにしてくれ。その代わりに保険を掛けても良いかって言うから、そんなの全然、かまわないって言ってやったの」

「なんだか、わざわざ庭石を引っぺがして地虫を見つけたような気分だよ」

「質問が多いからよ。自業自得ね」

またシニコの携帯電話が鳴った。

シニコは相手に「大丈夫」とか「見つかった」とか返事をすると俺にそいつを差し出した。もしもし、と出るとしおたれた男の声が聞こえてきた。

『なんかこのたびはいろいろな部分でお願いしちゃったみたいで、よろしくお願いいいたしますぅ。カズエの父でございますぅ』

「俺は何も頼まれちゃいないよ」

『いろいろな部分でよろしくお願いいたしますぅ。ほんとにね。えぇ、ほんとうに親があれなもんですから、あの子には迷惑っぽい感じになっちゃってますけれど、ほんとにひとついろいろとよろしくお願いいたしますぅ』

「だから俺は何もまだ頼まれちゃいないって。どうしろって言うんですか」

『まあ、あのなんて言うんでしょう。本人のしたいことをサポート的な感じで。イイ感じで。サポート的で。ほんとによろしくお願いいたしますぅ』

「よろしくお願いしますって、あんた、娘さんのしたいことってなんだか知ってんのかい」

『ええ、ええ。十分に承知しておりますぅ』

「普通、親なら止めるもんじゃないのかい」

『ええ、ええ。もうほんとにそうなんでございますけれど。親があれなもんですからねぇ。ほんとどうしようもないっていうか、仕方ないっていうか』

「俺にはどうにも信じられないね」

シニコが先ほどからちらりちらりと俺を窺《うかが》っていた。何か落ち着きがなく、不安そうだった。

『あれも不憫《ふびん》な子でしてね。若いときに母親に死なれまして。本人も死にたがりっていうか、ほんとに死んでばかりいるような有様で……』

と、そこでシニコが携帯を俺の手から奪い、通話を切ってしまった。

「まだ話してる最中だぜ」

「いいのよ、どうせ堂々巡りにしかならないんだから……あ、時間だ」シニコは携帯の液晶を見て呟くと自分のポーチからカッターを取り出すとキチキチと刃を伸ばした。

「もうね、今夜中にやらないと間に合わないの。今朝もそのことをネチネチやりこめられちゃってさ。店が潰れてから死んで貰《もら》ってもなんにもならないとか言うんだよ。参ったよ。いろいろあるんだってね、保険って。死んだから、すぐに『はい』ってくれるわけじゃないみたい。ひと月ぐらいは見ないといけないって、そうしたら今日がもうギリなのよ」シニコは首筋に刃を当てた。

「死ぬなよ。自殺なんてよせよ」

シニコは俺にカッターを放った。

「莫迦《ばか》ね。あたしがするわけないじゃない」

俺はホッとした。

「あんたならやりかねないからさ」

俺は笑ったがシニコは黙って俺を見ていた。

「あんたが殺すのよ。その為に選んだし、ついてきたんだから。あんたならやってくれる。もうあたしをここから解放してくれるって」シニコは俺を睨《にら》みつけていた。胸が大きく上下していた。「もう懲り懲りなの……未遂なんて。もうおやじも拓也も伸也も正也も懲り懲り。あの汚くて寂しい店も懲り懲り。つまんない自分にも懲り懲り。懲り懲りしながら生きてババアになっていくのも懲り懲り。お願いします。殺してください」シニコは両手を俺に向かって合わせた。「お願いします」

俺は膝《ひざ》が震えた。

「俺も懲り懲りかよ」

するとシニコの唇がへの字になり、強気の目からはらはらと涙がこぼれた。

「懲り懲りなもんかよ、莫迦」

「じゃあ死ぬなよ。俺といろよ。懲り懲りさせないから」

「だめ。絶対にだめになる。ずっと好きでいるわけないもの」

「そんなことない」

俺はシニコと睨み合った。とそのとき、俺は変化に気がついたんだ。シニコの軀《からだ》が手足の先から薄くなり始めていた。

「だよね、あんたに頼んだのが悪かったね。人にすがったりしちゃいけないんだ。迷惑かけたね。ごめんなさい」

シニコの裸の腹から胸にかけてが筆で刷《は》くように透明になっていく。

「やめろ！　いくな！　シニコ」

「ごめんね。好きだったよ」

そういうとシニコは完全に俺の目の中から消えてしまった。俺はシニコが立っていた辺りに飛び込んだ、が、そこには何もなかった。

「シニコ！　俺を無視するな！　俺を見ろ！」

俺は何もない部屋のなかを見回し、駆け回った。完全に俺に興味を失った裸のシニコは、俺の目には映らない。狭い室内を片っ端から駆け回ったが、シニコらしいものには触れられなかった。そのとき、急ブレーキの音に続いて鈍い音がした。

部屋のドアが開きっぱなしになっていた。

俺が外に駆け出すと、ラブホの前の暗い路地を車が走り去るところだった。

「シニコ！」俺は叫んだが返事はなかった。辺りはシンと静まり返り、誰も出てくる様子がない。道にブレーキの痕《あと》が残っていた。すぐ横の草むらで物音がした。葉先が濡《ぬ》れている。俺はしゃがみ込み、手を伸ばした。透明な空間に温かなものが倒れていた。

「シニコ……」

返事はなかった。

俺はゆっくりと手の感触を頼りに首筋を見つけると、両手で絞めた。するとゆらゆらと陽炎《かげろう》が暗闇で立ちのぼるように、シニコの顔が浮かんできた。額が割れ、中身が零《こぼ》れて出ていた。眼球があべこべを向いている。

「あ、嬉《うれ》しいよ」シニコは笑い、右目で俺を見た。「最期はあんたに殺《や》って貰えるんだね」

俺は黙って頷《うなず》くと、そのまま首を絞め続けた。なんの抵抗も見せず、シニコはあっと言う間に逝った。笑った顔のままシニコは再び見えなくなった。俺はライカで透明なシニコを撮りまくった。

変な話だ。死ぬ理由がないのに死んだ女の話。

俺はそれからシニコの車でドライブインに戻った。

ひとつだけぽつんと照明が点《つ》いていて、窓辺に人が立っていやがったんだ。それが電話に出たおやじだっていうことはすぐにわかった。だってよ、俺に関心がなければ俺には見えないはずなのに、その中年男はずっと俺に見えてるんだ。まるで灯台みたいに、駐車場の端からくっきり姿が見えていた。奴はカウンター越しに写真を撮った俺を憶《おぼ》えていたんだな。

俺は話しかけるつもりで中に入った。おやじはあの電話口の話し方そのもので、俺にコーヒーを入れたな。俺はそれを呑《の》むふりをして奴に浴びせると、ティー・スプーンで目玉を抉《えぐ》ってやった。豚のような悲鳴をあげたけど殺しはしなかった。死ぬなんて楽は奴には贅沢《ぜいたく》すぎる。盲目で一文無しで長生きしてこの世の地獄のありったけを経験して貰いたいと願いを込めて、上瞼《うわまぶた》にスプーンの柄をごりごりするところまで入れたんだ。きっと願いは叶《かな》うと思う。

俺もそろそろ逝くんだ。

写真の現像が上がった。おかげでシニコを見ることができた。可哀想にずいぶん派手に撥《は》ねられてしまっていたんだな。あのときは気づかなかったけれど、右足の関節が逆になっているし、肩は外れている。でもな、とっても幸せそうなんだ。首に俺の手跡がついているシニコは笑顔だった。

シニコが死んで十二時間経った。いまは昼間、この明るいレストランでも、俺に注意を向ける人間はいない。ちらりちらりと顔のネオンが浮かぶだけ。

俺はそろそろ逝く。海に入って泳げるだけ泳いだら、シニコのカッターを使うつもり。いつやろうかと決めかねていたけれど、もうそろそろ良いみたい。俺は自分でも気がつかないうちに死んでも良いと思っていたみたいだ。ほんとだぜ。

さっきトイレに行ったんだ。

手を洗ったら鏡には誰も映っていなかった。

そこにあるのはからっぽになった俺のシャツとジャケットだけだったのさ。

だから、俺のことなんか全然、気にしないでくれよ。

大丈夫なんだから。

# あとがき

此処《ここ》に収められた七つの物語は全てが〈死〉にまつわるものです。
物理的な〈死〉は勿論《もちろん》のこと、なかには生き甲斐《がい》の〈死〉や主人公の〈死〉よりも周囲の世界の〈善〉が死んでしまう場合もあります。
〈或るはぐれ者の死〉では、まともを装っている世間の顔を引っぺがそうとした浮浪者が、
〈或る嫌われ者の死〉では、祖国を失い他国で嫌われ者として生きなければならない日本人が、
〈或るごくつぶしの死〉では、他人を家具のように扱いながら逃げ切ろうとした青年が、
〈或る愛情の死〉では、災厄による悲劇をナルシシズムに置き換え自らを崇《あが》めた母親が、
〈或るろくでなしの死〉では、ある少女を取り巻く世界が、
〈或る英雄の死〉では、過去の栄光を、よすがにしていたぼんくら男たちの友情が、
〈或るからっぽの死〉では、皮肉な力を身につけた青年の愛が、
それぞれ徹底的に蹂躙《じゅうりん》され、破壊されていきます。

さて振り返れば、まるまる二年ぶりの本になりました。計画的に空けてしまったのではなく〈書かなくては進まなくては〉と念じつつ過ぎてしまった、二年です——びっくりしました。

初出掲載は『小説 野性時代』を中心としたものでしたが、初代担当の武内女史との話し合いでは「年内にまとめて来年には出しましょう！」であり、「あと二篇で七本になります。分量的には充分になりますので残りは書き下ろしでいきましょう」とのことでした。で、それがいつのまにかずるずると延びてしまい。そのうちに武内女史は「……ヶ月後に産休に入ります。その前にこの企画だけは形にしましょう」と云いだし、そのままずるずるしていると産休に入り、そして更にずるずるしていると「生まれました！」になり、そのまま更に更にずるずるしていると「育休です」から「復帰しました」、そして「なにやってるんですか！」になりました。

思えば武内女史と初めてしたのが『異常快楽殺人』という犯罪物のノンフィクションでして、当時、大学を出たての彼女は「あまりにもグロテスクな原稿」のおかげで入稿中、何度か発熱したり体調を崩したりしたものでした。それから幾星霜、今ではすっかり敏腕編集人として逞《たくま》しくなった彼女との二冊目ということになってしまいました。本当はもっともっとたくさんやりたかったんですが、どうも才能の井戸が河童《かっぱ》の皿のように浅い身ではこれが限界だったのかもしれません――。

いま改めて見直してみますと最も書き散らしたのが〈或る英雄の死〉であり、これは都合26バージョンあります。次いで〈或るろくでなしの死〉でこれは13バージョン。〈英雄〉に関してはウェブに掲載したものとは全く別の話になっておりまして、あれ書いては止め、いじっては止めしたものが、26パターンあったということになります。例えばウェブ掲載したものは〈偶然、轢《ひ》き逃げを目撃してしまった冴《さ》えない男が良心を捨てることができず、徒手空拳《くうけん》のまま、猪突《ちょとつ》猛進に犯人を追い込んでいく先の悲劇〉でした。そしてそれは途中から紆余《うよ》曲折して〈かつて人命救助をした男が不甲斐ない日常に嫌気がさし、救った相手とそれを取り巻く世界に対して怪物化していく物語〉へと変化しまして、それからまた百八十度ぐるりと変わって本書に収録された話へと辿《たど》り着いたのです。これは〈或るろくでなしの死〉も同じことで当初は〈人間の枠を超えたような差別と偏見にまみれた老人が、吐き気を催すような最悪の死を自ら引き寄せる話〉というものでしたが、そこから〈小児用ホスピスで地獄を媒介して回るのを生きるよすがとしている男の吐き気を催すような死〉に変わったのですが、最終的には本書にある形になりました。

もういい加減に、最初からいまお手元にあるような形で書けと本人は心の底から思うのですが、なにかしっくりこない、靴の底に石ころが入ったような状態で進めても最初の数ページはいくのですが、やがて足が動かなくなるのが必至ですので、なんだか野良犬のように、核心らしき周辺をいつまでも嗅《か》ぎ回る癖が消えません。

今はただ、そんな夢のような叡智《えいち》に祝福される日が、きっといつかはやってくることを信じ、ぽつぽつと進めるしかないと思っています。

また通常、単行本にはない〈あとがき〉を残させて戴《いただ》いたのは自分が単行本を買う際、あまりに素っ気なく、内容が見えない本は恐怖を感じるからでありまして、これは全く私個人の恐怖症が引き起こしているだけであります。同じ恐怖を感じてらっしゃる諸氏の軽減の一助と相成れば幸甚に思います。

最後に本当に長い間、見守ってくれていた武内由佳女史。更に不発弾のような大変な荷物を押しつけられながら最後までガッツと笑顔を忘れなかった野崎智子女史。親父のような温かい視線でエールと酒を注いでくれた立木成芳さん。本当にお世話になりました。それと、がっぷ君、君のネタ、又、使わせて貰《もら》ったよ。ありがとう。

この本が、読者のみなさまの日頃の憂さと、もやもやを吹き飛ばす妙薬と成ることを祈って。

２０１１．10．27

平山夢明

# 文庫版によせて

ありがたいことで単行本に次いで文庫版が出せることになりました。

これもひとえに読者のみなさまのご厚情によるものと感謝に堪えませぬ。

作品の成立経緯については、今更付け加えることもないのですが、やはり見直してみると、テーマが摑《つか》み切れていない部分、物語のエッヂが緩いと感ずるところなどを若干、手を入れさせて戴《いただ》きました。

この本が、初めて私の作品を手にして戴く方にとっても、よい憂さ晴らしになりますように――祈っております。

2014．8．11　平山夢明

解説

# 『或るろくでなしの死』を読んでしまったろくでなしへ。

片岡人生

平山夢明さんのファンだと某編集に息巻いて話したのがキッカケだった。

ある中華料理店に現れた、にこやかな中年男性。私が邂逅《かいこう》を夢見ていた文筆家。その柔和で気遣い溢《あふ》れた物腰と、その中に渦巻くもののギャップ。この本を手にした方には理解できるはずだ。

その時私は大きな腹《はら》を抱えていて、脳味噌《のうみそ》の潤滑剤であるニコチンもアルコールも断っていたし、偏食が酷《ひど》いため給食のない学校に転校した事もある自分には口にできる料理もなかったので、呆《ほう》けて彼の言葉を聞くしかなかった（著書にサインをねだるのは忘れなかったが）。

かろうじて覚えているのは、引き剥《は》がされた亀の甲羅がお椀《わん》のように道に並べてあったという話。富士の樹海で就寝中にテントの外からグイグイと手形が押されていったという話。彼にとっては日常茶飯事である話の数々。私にとっては非日常である話の数々。それを無垢《むく》な笑いに満ちた顔で語るのである。只《ただ》でさえ腐りかけた私の脳がパンクするのも当然だ。

私は止むを得ない事情からフィクションの漫画を描いて生活しているのだが、実際に『非日常＝フィクション』に出くわす事はあまりない。特に、平山夢明氏が描く『死』には関わった事がない、というか避けている。

飼い犬が虐待され、内臓破裂し絶叫しながら病死した時も自室にこもって兄のエロ漫画を盗む算段をしていた。

タイヤに轢《ひ》き潰《つぶ》された脚の痛みを泣いて訴える少女を置き去りに、事故の責任の押し付け合いを始める母親と車のドライバーも無視した。

色んな管《くだ》を身に纏《まと》った痴呆《ちほう》の祖母が、毎晩介護する母に向かって『おまえは金を盗んだろう』と病院で暴れていた時もイヤフォンで耳を塞《ふさ》いだ。祖母のくれた水飴《みずあめ》の味を思い出しながら。

死に向かうものは止められない。意思が介在できない恐ろしさがそこに有る。

それに比べると死体は美しい。

雨曝《ざら》しだった小鳥の亡骸《なきがら》は重さもなく、家に持って帰ろうとしたのはそれが宝石じみて綺麗《きれい》だったからだ。

アスファルトに横たわる猫の脳味噌はプリプリなピンクのスパゲッティー。

食い散らかされたネズミ達は友人の荒れた庭に赤と白の原色の彩りを添えていた。

屋上で動かなくなったカラスは翌日に他のカラスに寄ってたかられ肉と羽根をついばまれて踊っていた。


そこに物語はない。もう失われているから。


平山夢明さんの小説は残酷だ。その物語を露《あら》わにする。『死』への物語。

一度も死んだ事がない私達が本能で恐怖を感じ、目を背けている道筋。

ファンキーでファンシーでファッキンな、いつか自分が辿《たど》るであろう道を私達に見せつける。おそらくは平山氏が瞬《まばた》きもせず目を開いているから、もしくは目を閉じる瞼《まぶた》がないからだと、そう感じる。

きっと彼の目を通して観る現実がこの『或るろくでなしの死』というフィクションなのだろう。

私達読者はそれを笑って嗤《わら》って愉《たの》しむのみだ。

いつか自分に訪れる甘い物語を。

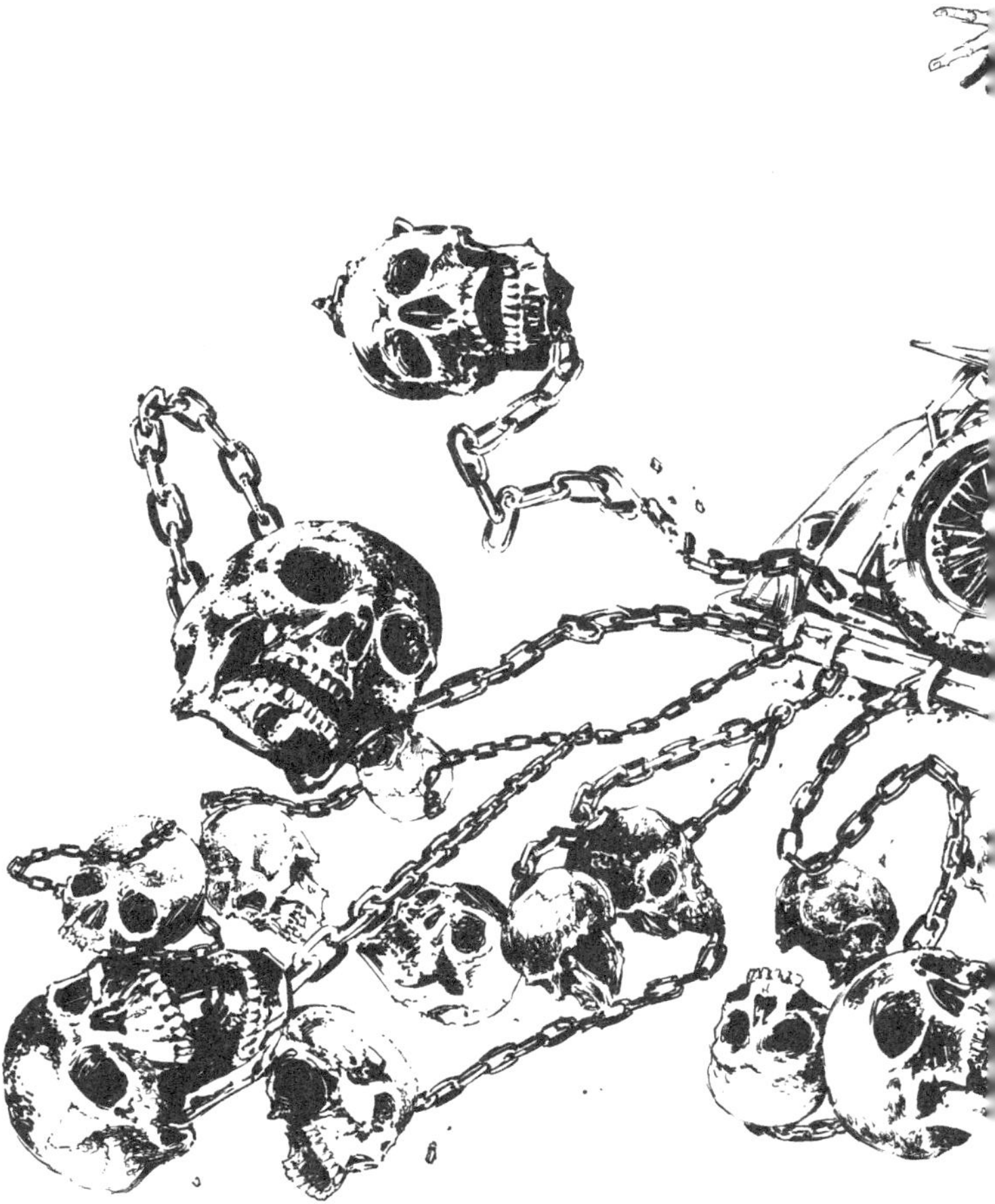

目次・扉デザイン　木庭貴信（ＯＣＴＡＶＥ）
挿画　片岡人生

本書は、二〇一一年十二月に小社より刊行された単行本を文庫化したものです。

# 或《あ》るろくでなしの死《し》

平山夢明《ひらやまゆめあき》

角川ホラー文庫　18830

平成26年10月25日　初版発行
令和６年10月25日　８版発行

発行者——山下直久
発　行——株式会社KADOKAWA
〒102-8177　東京都千代田区富士見2-13-3
電話 0570-002-301（ナビダイヤル）
印刷所——株式会社KADOKAWA
製本所——株式会社KADOKAWA
装幀者——田島照久



●お問い合わせ
https://www.kadokawa.co.jp/（「お問い合わせ」へお進みください）
※内容によっては、お答えできない場合があります。
※サポートは日本国内のみとさせていただきます。
※Japanese text only



ISBN978-4-04-102161-3　C0193

# 角川文庫発刊に際して

角川源義

第二次世界大戦の敗北は、軍事力の敗北であった以上に、私たちの若い文化力の敗退であった。私たちの文化が戦争に対して如何に無力であり、単なるあだ花に過ぎなかったかを、私たちは身を以て体験し痛感した。西洋近代文化の摂取にとって、明治以後八十年の歳月は決して短かすぎたとは言えない。にもかかわらず、近代文化の伝統を確立し、自由な批判と柔軟な良識に富む文化層として自らを形成することに私たちは失敗して来た。そしてこれは、各層への文化の普及滲透を任務とする出版人の責任でもあった。

一九四五年以来、私たちは再び振出しに戻り、第一歩から踏み出すことを余儀なくされた。これは大きな不幸ではあるが、反面、これまでの混沌・未熟・歪曲の中にあった我が国の文化に秩序と確たる基礎を齎らすためには絶好の機会でもある。角川書店は、このような祖国の文化的危機にあたり、微力をも顧みず再建の礎石たるべき抱負と決意とをもって出発したが、ここに創立以来の念願を果すべく角川文庫を発刊する。これまで刊行されたあらゆる全集叢書文庫類の長所と短所とを検討し、古今東西の不朽の典籍を、良心的編集のもとに、廉価に、そして書架にふさわしい美本として、多くのひとびとに提供しようとする。しかし私たちは徒らに百科全書的な知識のジレッタントを作ることを目的とせず、あくまで祖国の文化に秩序と再建への道を示し、この文庫を角川書店の栄ある事業として、今後永久に継続発展せしめ、学芸と教養との殿堂として大成せんことを期したい。多くの読書子の愛情ある忠言と支持とによって、この希望と抱負とを完遂せしめられんことを願う。

一九四九年五月三日